W0468058

SV

Band 999 der Bibliothek Suhrkamp

Charlie Parker

Julio Cortázar
Der Verfolger

Aus dem Spanischen
übersetzt von
Rudolf Wittkopf

Suhrkamp Verlag

Originaltitel *El perseguidor*
© Julio Cortázar, 1964
Die Übersetzung wurde für diese Ausgabe vom Übersetzer neu durchgesehen

Foto: Ullstein

Dritte Auflage 1993
© Suhrkamp Verlag Frankfurt am Main 1978
Alle Rechte vorbehalten
Druck: Nomos Verlagsgesellschaft, Baden-Baden
Printed in Germany

Der Verfolger

In memoriam Ch. P.

Sei getreu bis in den Tod
Offenbarung Johannes 2,10

O make me a mask
Dylan Thomas

Dédée rief mich am Nachmittag an, um mir zu sagen, daß es Johnny nicht gut gehe, und ich bin sofort ins Hotel gegangen. Seit einigen Tagen wohnen Johnny und Dédée in einem Hotel in der Rue Lagrange, in einem Zimmer im vierten Stock. Es genügte ein Blick auf die Zimmertür und ich wußte, daß Johnny sich in der größten Misere befand; das Fenster geht auf einen fast schwarzen Hinterhof, und schon um ein Uhr mittags muß man Licht anmachen, wenn man Zeitung lesen oder sich im Spiegel betrachten will. Obgleich es nicht kalt war, fand ich Johnny in eine Wolldecke eingewickelt, in einen schäbigen Sessel gezwängt, aus dem überall gelbliche Wergwolle herausquoll. Dédée ist gealtert, und das rote Kleid steht ihr gar nicht gut; es ist ein Kleid für die Arbeit, für die Bühnenbeleuchtung; in diesem Hotelzimmer hatte es die widerliche Farbe von geronnenem Blut.

»Kamerad Bruno ist so treu wie schlechter Mundgeruch«, sagte Johnny als Begrüßung und zog die Knie hoch, um sein Kinn darauf zu stützen. Dédée schob mir einen Stuhl hin und ich holte ein Päckchen Gauloises aus der Tasche. Ich hatte ein Fläschchen Rum mitgebracht, doch ich wollte es nicht zeigen, bevor ich mir von dem, was hier los war, ein Bild gemacht hatte. Ich glaube, was mich am meisten störte, war die nackte Glühbirne, die wie ein ausgerissenes Auge an einem Kabel voller Fliegendreck von der Decke herabhing. Nachdem ich ein- oder zweimal in ihr Licht geblickt hatte, wobei ich mir die Hand als Schirm vor die Augen hielt, fragte ich Dédée, ob wir die Lampe nicht ausmachen und mit dem Licht auskommen könnten, das durch das Fenster kam. Johnny verfolgte meine Worte und Bewegungen mit zerstreuter Aufmerksamkeit, wie eine Katze, die einen unverwandt anblickt, doch der man ansieht, daß sie mit ganz was anderem beschäftigt ist; daß sie etwas anderes ist. Schließlich stand Dédée auf und schaltete das Licht aus. Bei dem, das uns blieb, einer Mischung aus Grau und Schwarz, sahen wir uns besser. Johnny zog eine seiner langen, mageren Hände unter der Wolldecke hervor und ich spürte die schlaffe Wärme seiner Haut. Dann sagte Dédée, sie wolle uns einen Nescafé machen. Es freute mich, daß sie wenigstens noch eine Dose Nescafé hatten. Wenn einer noch eine Dose Nescafé hat, sage ich mir immer, ist seine Lage nicht völlig aussichtslos; er kann noch eine Weile durchhalten.

»Wie lange haben wir uns nicht mehr gesehen«, sagte ich zu Johnny. »Mindestens einen Monat.«

»Warum mußt du immer die Zeit zählen«, antwor-

tete er mir schlechtgelaunt. »Der erste, der zweite, der dritte, der einundzwanzigste. Allem gibst du eine Nummer, du. Und die hier ist genauso. Weißt du, warum sie wütend ist? Weil ich das Saxo verloren habe. Im Grunde hat sie recht.«
»Aber wie konntest du es bloß verlieren?« fragte ich ihn, obgleich ich wußte, daß es eben das war, was man Johnny nicht fragen konnte.
»In der Metro«, sagte Johnny. »Ich hatte es sicherheitshalber unter den Sitz gelegt. Es war ein herrliches Gefühl, in der Metro zu fahren und zu wissen, daß ich es unter meinen Beinen hatte, da war es sicher.«
»Er hat es erst gemerkt, als er hier die Treppe hochstieg«, sagte Dédée mit etwas rauher Stimme. »Und ich mußte dann wie eine Verrückte losrennen, um es denen von der Metro und der Polizei zu melden.«
Aus dem Schweigen, das folgte, konnte ich schließen, daß die Mühe vergebens gewesen war. Doch Johnny begann zu lachen, sein ihm eigenes Lachen, bei dem er weder Zähne zeigt, noch die Lippen bewegt.
»Irgendein armer Tropf versucht jetzt, einen Ton aus ihm herauszukriegen«, sagte er. »Es war eines der miserabelsten Saxos, das ich je gehabt habe; man merkte, daß Doc Rodríguez darauf gespielt hatte, es war an der Seele völlig verbeult. Als Tute an sich war es nicht übel, aber Rodríguez ist fähig, selbst eine Stradivari zu ruinieren, wenn er sie bloß stimmt.«

»Und kannst du dir kein anderes beschaffen?«
»Das versuchen wir gerade«, sagte Dédée. »Sicher hat Roy Friend eins. Das Dumme ist, daß Johnnys Vertrag ...«
»Johnnys Vertrag«, äffte er sie nach. »Was heißt hier Vertrag. Spielen muß man, und damit basta, aber ich habe kein Saxo und auch kein Geld, mir eins zu kaufen, und den Jungs geht es nicht anders.«
Letzteres stimmt nicht, alle drei wissen wir das. Niemand wagt es mehr, Johnny ein Instrument zu leihen, denn entweder verliert er es oder er macht es sofort zuschanden. Das Saxo von Louis Rolling hat er in Bordeaux verloren, und das, das Dédée gekauft hatte, als man ihn für eine England-Tournee verpflichtete, hat er in Stücke geschlagen, ist darauf herumgetrampelt und hat es in die Ecke gekickt. Niemand kann sagen, wie viele Instrumente er schon verloren, versetzt oder kaputtgemacht hat. Und auf allen hat er gespielt wie meiner Meinung nach nur ein Gott auf einem Altsaxophon spielen kann, einmal angenommen, daß die da oben sich der Flöten und Leiern begeben haben.
»Wann sollst du anfangen, Johnny?«
»Ich weiß nicht. Heute, glaube ich, was, Dé?«
»Nein, übermorgen.«
»Jeder weiß die Daten, nur ich nicht«, brummte Johnny und zog sich die Decke bis an die Ohren. »Ich hätte geschworen, es sei heute abend und ich müßte heute nachmittag zur Probe.«

»Ist ja egal«, sagte Dédée. »Du hast ja kein Saxo.«
»Wieso egal? Das ist gar nicht egal. Übermorgen ist nach morgen, und morgen ist viel später als heute. Und selbst heute ist um einiges später als jetzt, wo wir uns mit Freund Bruno unterhalten, und ich würde mich viel besser fühlen, wenn ich die Zeit vergessen und etwas Warmes trinken könnte.«
»Das Wasser kocht gleich, einen Augenblick noch.«
»Ich habe nicht die Wärme gemeint, die durch Sieden entsteht«, sagte Johnny. Da zog ich das Fläschchen Rum aus der Tasche, und es war, als hätten wir Licht gemacht, denn Johnny sperrte erstaunt den Mund auf und seine Zähne begannen zu glänzen, und selbst Dédée mußte lächeln, als sie ihn so verwundert und zufrieden sah. Rum zu Nescafé war gar nicht übel, und wir drei fühlten uns nach dem zweiten Schluck und einer Zigarette gleich wohler. Und dann bemerkte ich, daß Johnny sich langsam in sich zurückzog und wieder auf die Zeit zu sprechen kam, ein Thema, das ihn beschäftigt, solange ich ihn kenne. Es gibt wohl kaum Menschen, die alles, was die Zeit betrifft, derart beschäftigt. Es ist eine Manie, seine schlimmste Manie, denn er hat viele. Doch er verbreitet sich darüber mit einem Charme, dem kaum einer widerstehen kann. Ich erinnere mich an eine Probe vor einer Schallplattenaufnahme in Cincinnati, lange bevor er nach Paris kam, neunundvierzig oder fünfzig. Johnny war damals groß in Form und

ich ging nur hin, um ihn und Miles Davis zu hören. Alle hatten sie Lust zu spielen, waren bester Laune, gingen gut gekleidet (vielleicht erinnere ich mich nur deswegen daran, weil Johnny heute so schlampig und schmuddelig herumläuft), sie spielten mit Hingabe, ohne je ungeduldig zu werden, und der Tontechniker hinter der Scheibe gab ihnen wie ein satter Pavian mit Gesten zu verstehen, wie zufrieden er war. Und genau in dem Augenblick, als Johnny wie freudeverloren spielte, brach er plötzlich ab, gab, ich weiß nicht wem, einen Rippenstoß und sagte: »Das bin ich morgen am Spielen«, und die Jungs blickten betreten drein, nur zwei oder drei spielten noch einige Takte, wie ein Zug, der langsam bremst, und Johnny schlug sich gegen die Stirn und wiederholte: »Das hab ich schon morgen gespielt, es ist irre, Miles, das hab ich schon morgen gespielt«, und niemand konnte ihn davon abbringen, und von da an ging alles schief, Johnny spielte lustlos und wollte gehen (um sich wieder zu dopen, sagte der Tontechniker, der vor Wut kochte), und als ich ihn hinausgehen sah, schwankend und mit aschfahlem Gesicht, fragte ich mich, wie lange das wohl noch gehen werde.

»Ich glaube, ich werde Doktor Bernard rufen«, sagte Dédée und sah Johnny, der in kleinen Schlucken seinen Rum trank, von der Seite an. »Du hast Fieber und du ißt nichts.«

»Doktor Bernard ist ein trauriger Idiot«, sagte Johnny, an seinem Glas leckend. »Er wird mir Aspirin geben, und dann wird er sagen, daß er Jazz über alles liebe, zum Beispiel Ray Noble. Nicht zu fassen. Wenn ich das Saxo hätte, würde ich ihn mit einer Musik empfangen, daß er die vier Treppen auf dem Arsch wieder hinuntersaust.«

»Immerhin wird es dir nicht schaden, wenn du Aspirin nimmst«, sagte ich mit einem Seitenblick auf Dédée. »Wenn du willst, rufe ich ihn, wenn ich gehe, an, dann braucht Dédée nicht extra hinunterzugehen. Aber hör mal, dieser Vertrag ... Wenn du erst übermorgen spielen mußt, wäre vielleicht noch was zu machen. Auch ich könnte ja versuchen, von Roy Friend ein Saxo zu kriegen. Und im schlimmsten Fall ... Du mußt einfach vorsichtiger sein, Johnny.«

»Heute nicht«, sagte Johnny mit einem Blick auf das Fläschchen Rum. »Morgen, sobald ich das Saxo habe. Es gibt keinen Grund, jetzt weiter darüber zu sprechen. Bruno, es wird mir immer klarer, daß die Zeit ... Ich glaube, die Musik hilft, diese Sache ein wenig zu verstehen. Nun ja, nicht gerade verstehen, denn in Wirklichkeit verstehe ich überhaupt nichts. Ich merke lediglich, daß da etwas ist. So wie manchmal im Traum, nicht wahr, du fürchtest, daß alles kaputtgeht, und hast im voraus ein bißchen Angst; dabei aber bist du dir gar nicht sicher, und vielleicht wendet sich alles wie ein Pfannkuchen und plötzlich liegst du mit einem bildhübschen Mädchen im Bett und alles ist rundum wunderbar.«

Dédée spülte in einer Ecke des Zimmers Tassen und Gläser. Ich bemerkte, daß sie nicht einmal fließendes Wasser hatten; ich sehe eine Waschschüssel mit rosa Blumenmuster und eine Wasserkanne, die mich an ein einbalsamiertes Tier erinnert. Und Johnny spricht weiter, der Mund von der Wolldecke halb bedeckt, und auch er sieht wie eine Mumie aus mit den Knien am Kinn und seinem dunklen, glatten Gesicht, das vom Rum und vom Fieber langsam feucht zu werden beginnt.

»Ich habe über all das gelesen, Bruno. Es ist ganz sonderbar und wirklich sehr schwierig... Ich glaube, die Musik hilft, weißt du. Nicht, zu verstehen, denn in Wirklichkeit verstehe ich überhaupt nichts.« Er schlägt sich mit der Faust an den Kopf. Der Kopf dröhnt wie eine Kokosnuß.

»Hier drinnen ist nichts, Bruno, was man so nichts nennt. Das denkt nicht und versteht auch nichts. Um die Wahrheit zu sagen, ich habe mein Gehirn nie gebraucht. Erst von den Augen abwärts verstehe ich, und je weiter unten, desto besser. Aber ein richtiges Verstehen ist das nicht, das gebe ich zu.«

»Gleich wird dein Fieber wieder steigen«, murrte Dédée hinter uns.

»Oh, sei still. Es ist wahr, Bruno. Nie habe ich an etwas gedacht, doch auf einmal wird mir bewußt, daß ich doch etwas gedacht habe, aber das ist doch nichts Besonderes, nicht wahr? Was ist das schon, wenn man plötzlich merkt, daß man doch etwas

gedacht hat. Es läuft letztlich auf dasselbe hinaus, ob du es bist, der denkt, oder irgendein anderer. Ich bin nicht ich, ich. Ich profitiere nur von dem, was ich denke, aber immer erst hinterher, und das ist es, was ich nicht ertrage. Ach, es ist schwierig, es ist so schwierig ... Ist denn kein Schluck mehr da?«
Ich gab ihm die letzten Tropfen Rum gerade in dem Augenblick, als Dédée das Licht wieder anmachte; man konnte in dem Zimmer kaum noch sehen. Johnny schwitzt, aber er bleibt in seine Wolldecke gehüllt, und von Zeit zu Zeit schüttelt er sich, daß der Sessel knarrt.
»Schon als kleiner Junge habe ich es gemerkt, fast gleich nachdem ich anfing, Saxophon zu spielen. Bei uns zu Haus war ständig der Teufel los, man sprach von nichts anderem als von Schulden und Hypotheken. Weißt du, was eine Hypothek ist? Es muß etwas ganz Furchtbares sein, denn meine Alte raufte sich jedesmal die Haare, wenn mein Alter von der Hypothek sprach, und am Ende kam es immer zu einer Prügelei. Ich war damals dreizehn ... aber das kennst du ja alles schon.«
Und ob ich das schon kannte; hatte ich doch versucht, es in meiner Biographie über Johnny genau und wahrheitsgetreu zu schildern.
»Deswegen hörte zu Hause die Zeit nie auf, weißt du. Ein Streit nach dem andern, fast ohne Essen. Und obendrein die Religion, ah, das kannst du dir gar nicht vorstellen. Als der Lehrer mir ein Saxo

beschaffte, du hättest dich totgelacht, hättest du es gesehen, da, glaub ich, habe ich es gleich gemerkt. Die Musik riß mich aus der Zeit, auch wenn das nur eine Redensart ist. Wenn du wissen willst, was ich wirklich empfinde, ich glaube, die Musik hat mich in die Zeit gesteckt. Aber dann muß man annehmen, daß diese Zeit nichts mit ... nun ja, mit uns zu tun hat, um es mal so zu sagen.«

Da ich Johnnys Halluzinationen schon lange kenne, wie die von denen, die ein ähnliches Leben führen, höre ich zwar aufmerksam zu, doch messe ich dem, was er sagt, nicht viel Bedeutung bei. Hingegen frage ich mich, wie er in Paris wohl an die Drogen kommt. Ich werde Dédée ins Gebet nehmen müssen, ihr verbieten, Beihilfe zu leisten. In diesem Zustand wird Johnny nicht mehr lange durchhalten können. Drogen und Elend vertragen sich nicht. Ich denke an all die Musik, die uns verlorengeht, an die Dutzende von Schallplattenaufnahmen, bei denen Johnny diese erstaunliche Überlegenheit, die er allen anderen Musikern gegenüber hat, weiterhin zeigen könnte. Dies »Das bin ich morgen am Spielen« wird mir auf einmal völlig klar, denn Johnny ist immer dabei, morgen zu spielen, und alle anderen bleiben hinter ihm zurück, in diesem Heute, das er mit den ersten Noten seiner Musik mühelos überspringt.

Ich bin als Jazzkritiker ziemlich sensibel und kenne meine Grenzen, und ich bin mir darüber im klaren, daß das, was ich denke, nicht an das heranreicht, worauf der arme Johnny mit seinen verstümmelten Sätzen, seinen Seufzern, seinen jähen Wutanfällen und seinem Klagen hinauswill. Ihm ist es scheißegal, daß ich ihn für genial halte, und nie hat er sich etwas darauf eingebildet, daß seine Musik weit über das hinaus geht, was seine Kollegen spielen. Es macht trübsinnig zu denken, daß er am Mundstück seines Saxophons ist, während ich mich mit dem zufriedengeben muß, was unten herauskommt. Er ist der Mund und ich das Ohr, um nicht zu sagen, daß er der Mund ist und ich ... Jeder Kritiker ist eben nur das traurige Ende von etwas, das als Geschmack begann, als Lust zu beißen und zu kauen. Und der Mund bewegt sich wieder, genießerisch holt Johnnys große Zunge einen Speichelfaden von den Lippen zurück. Die Hände zeichnen etwas in die Luft.

»Bruno, wenn du das eines Tages schreiben könntest ... Nicht meinetwegen, versteh mich richtig, was liegt schon mir daran. Wie ich dir schon sagte, als ich als Junge zu spielen anfing, habe ich gemerkt, daß die Zeit sich verändert. Ich habe das einmal Jim erzählt und er hat mir gesagt, daß alle dasselbe empfinden, und wenn man nicht bei sich ist ... Das hat er gesagt, wenn man nicht bei sich ist. Aber nein, ich bin bei mir, wenn ich spiele. Ich wechsle nur den Ort. Es ist wie in einem Fahrstuhl: du bist im Fahrstuhl und sprichst mit den Leuten und spürst gar nichts Besonderes, und derweil passierst du den ersten, den zehnten, den einundzwanzigsten Stock und die Stadt bleibt dort unten zurück und du beendest gerade den Satz, den du angefangen hattest, als du einstiegst, und zwischen den ersten Worten und den letzten liegen zweiundfünfzig Stockwerke. Als ich zu spielen anfing, merkte ich, daß ich in einen Fahrstuhl stieg, aber es war ein Fahrstuhl der Zeit, wenn ich das so sagen kann. Glaub nicht, daß ich die Hypothek oder die Religion darüber vergaß. Nur waren die Hypothek und die Religion in diesen Augenblicken wie der Anzug, den man gerade nicht anhat; ich weiß, daß der Anzug im Schrank hängt, doch du kannst mir nicht einreden, daß es diesen Anzug in diesem Augenblick gibt. Es gibt den Anzug, wenn ich ihn anziehe, und die Hypothek und die Religion gab es, als ich zu spielen aufhörte und meine Alte mit strähnigem Haar hereinkam und sich darüber beschwerte, daß ich ihr mit dieser Teufelsmusik das Gehör zerfetze.«

Dédée brachte noch eine Tasse Nescafé, doch Johnny sieht traurig sein leeres Glas an. »Das mit der Zeit ist so kompliziert, es überfällt mich überall. Langsam wird mir klar, daß die Zeit nicht so was wie ein Sack ist, der sich füllt. Ich will damit sagen, daß in den Sack, auch wenn der Inhalt sich ändert, nicht mehr hineingeht als eine bestimmte Menge, und damit aus. Siehst du meinen Koffer, Bruno? Da passen zwei Anzüge und zwei Paar Schuhe hinein. Gut, jetzt stell dir vor, du machst ihn leer, und dann tust du wieder die zwei Anzüge und die zwei Paar Schuhe

hinein, und dann merkst du, daß nur ein Anzug und ein Paar Schuhe hineinpassen. Aber das ist noch nicht das Schönste daran. Das Schönste daran ist, wenn du merkst, daß du einen ganzen Laden in den Koffer packen kannst, Hunderte und Hunderte von Anzügen, so wie ich manchmal, wenn ich spiele, die Musik in die Zeit packe. Die Musik und das, was ich denke, wenn ich in der Metro fahre.«
»Wenn du in der Metro fährst?«
»Aber ja doch, da hast du's«, sagte Johnny verschmitzt. »Die Metro ist eine großartige Erfindung, Bruno. Wenn du in der Metro fährst, merkst du, was alles in den Koffer hineingeht. Vielleicht habe ich das Saxo gar nicht in der Metro vergessen, vielleicht ...«
Er lacht und hustet, und Dédée sieht ihn besorgt an. Doch er schneidet Grimassen, lacht und hustet, schüttelt sich unter der Wolldecke wie ein Schimpanse. Tränen laufen ihm die Wangen hinunter und er leckt sie ab, immer noch lachend.
»Besser die Dinge nicht durcheinanderbringen«, sagt er nach einer Weile. »Ich hab's verloren und damit basta. Aber die Metro hat mir geholfen, hinter diesen Trick mit dem Koffer zu kommen. Sieh mal, das mit den elastischen Dingen ist sehr seltsam, ich spüre das überall. Alles ist elastisch, Junge. Selbst Dinge, die hart zu sein scheinen, besitzen Elastizität ...«
Er denkt angestrengt nach.
»... eine verlangsamte Elastizität«, fügt er überra-

schend hinzu. Ich mache eine Geste der Bewunderung. Bravo, Johnny. Und da sagt der Mann, er könne nicht denken! Dieser Johnny! Und jetzt bin ich wirklich gespannt, was er mir zu sagen hat, und er spürt das und sieht mich an, verschmitzter denn je.

»Meinst du, Bruno, ich könnte ein Saxo auftreiben, um übermorgen zu spielen?«

»Ja, aber du mußt vorsichtiger sein.«

»Natürlich, ich werde vorsichtig sein.«

»Ein Vertrag für einen Monat«, erklärt die arme Dédée. »Vierzehn Tage in der Boîte von Rémy, zwei Konzerte und die Schallplatten. Wir kämen sehr gut zurecht.«

»Ein Vertrag für einen Monat«, äfft Johnny sie mit großen Gesten nach. »Die Boîte von Rémy, zwei Konzerte und die Schallplatten. Be-bata-bop bop bop, tschrrr. Was er hat, ist Durst, Durst und noch mal Durst. Und Lust zu rauchen, zu rauchen. Vor allem Lust zu rauchen.«

Ich halte ihm ein Päckchen Gauloises hin, obwohl ich genau weiß, daß er an Marihuana denkt. Es ist schon Abend und auf dem Korridor beginnt ein Kommen und Gehen von Leuten, Gespräche auf arabisch, ein Lied. Dédée ist gegangen, wahrscheinlich um etwas fürs Abendessen zu kaufen. Ich spüre Johnnys Hand auf meinem Knie.

»Sie ist ein gutes Mädchen, weißt du. Aber ich hab sie über. Ich liebe sie schon lange nicht mehr, kann sie nicht mehr ertragen. Manchmal erregt sie mich noch, sie kann ficken wie ...« er macht mit den Fingern die entsprechende Geste. »Aber ich muß von ihr loskommen, muß zurück nach New York. Vor allem muß ich zurück nach New York, Bruno.«

»Wozu? Dort ging es dir schlechter als hier. Ich meine nicht die Arbeit, sondern dein Leben. Mir scheint, du hast hier mehr Freunde.«

»Ja, du bist da, und die Marquise, und die Jungs vom Club ... Hast du nie mit der Marquise geschlafen, Bruno?«

»Nein.«

»Na, ich kann dir sagen ... Aber ich hab gerade von der Metro gesprochen, ich weiß nicht, warum wir das Thema gewechselt haben. Die Metro ist eine großartige Erfindung, Bruno. Eines Tages begann ich in der Metro etwas zu fühlen, dann hab ich's wieder vergessen ... Und zwei oder drei Tage später war es wieder so. Und schließlich bin ich mir darüber klargeworden. Es ist leicht zu erklären, weißt du, aber es ist nur deswegen leicht, weil es im Grunde nicht die wahre Erklärung ist. Die wahre Erklärung kann man einfach nicht erklären. Du müßtest die Metro nehmen und warten, bis es dir passiert, obgleich ich glaube, daß das nur mir passiert. Es ist ungefähr so, paß auf. Aber hast du wirklich nie mit der Marquise geschlafen? Du mußt sie bitten, auf den goldenen Schemel zu steigen, der in der Ecke ihres Schlafzimmers steht, neben einer sehr schönen

Lampe, und dann ... Mist, da kommt die schon wieder zurück.«

Dédée kommt herein mit einer prall gefüllten Tasche und sieht Johnny an.

»Du hast höheres Fieber. Ich hab schon den Arzt angerufen, er kommt um zehn. Er sagt, du sollst dich ruhig verhalten.«

»Gut, einverstanden, aber vorher will ich Bruno das mit der Metro erzählen. Neulich habe ich genau gemerkt, wie das vor sich geht. Ich dachte an meine Alte, dann an Lan und die Kinder, und natürlich war mir gleich so, als ginge ich durch mein Viertel und sähe die Gesichter der Jungs, die von damals. Es war kein Denken, ich glaube, ich habe dir schon mehrmals gesagt, daß ich nie denke; es ist, als stünde ich an einer Straßenecke und sähe vorbeigehen, was ich denke, aber ich denke nicht das, was ich sehe. Verstehst du? Jim sagt, daß wir alle gleich seien, daß man für gewöhnlich (so sagt er) nicht selbst denke. Nehmen wir mal an, es wäre so. Die Sache ist die, daß ich in Saint-Michel die Metro genommen habe, und gleich dachte ich an Lan und die Kinder und sah das alte Viertel vor mir. Kaum habe ich mich gesetzt, da dachte ich an sie. Aber dabei war mir bewußt, daß ich in der Metro war, und ich sah, daß wir nach ungefähr einer Minute in Odéon ankamen und daß die Leute aus- und einstiegen. Dann habe ich weiter an Lan gedacht und ich sah meine Alte, wie sie vom Einkaufen zurückkam, und schließlich sah ich sie alle vor mir, war aufs schönste mit ihnen zusammen, wie ich das lange nicht mehr gefühlt habe. Erinnerungen sind immer scheußlich, doch diesmal dachte ich gern an die Kinder, sah sie gern vor mir. Wenn ich dir erzählen würde, was alles ich gesehen habe, du würdest es nicht glauben. Und es würde lange dauern, auch wenn ich Einzelheiten wegließe. Zum Beispiel, um dir nur eins zu erzählen, ich sah Lan in dem roten Kleid, das sie immer anzog, wenn sie in den Club 33 ging, wo ich und Hamp spielten. Ich sah das Kleid ganz genau, die Bänder und die Schleife, eine Art Verzierung an der Seite und den Kragen ... Nicht alles auf einmal, sondern ich ging wirklich um Lan herum und betrachtete mir ihr Kleid in aller Ruhe. Und dann betrachtete ich mir Lans Gesicht und die Gesichter der Kinder, und dann erinnerte ich mich an Mike, der im Zimmer nebenan wohnte, und wie Mike mir die Geschichte von den Wildpferden in Colorado erzählte, und von sich, wie er auf der Ranch gearbeitet hat, und dabei prahlte er wie ein Rodeoreiter ...«

»Johnny«, ermahnte ihn Dédée aus ihrer Ecke.

»Bedenke, daß ich dir hier nur einen Bruchteil von dem erzähle, was alles ich gedacht und gesehen habe. Wie lange erzähl ich dir eigentlich schon davon?«

»Ich weiß nicht, sagen wir zwei Minuten.«

»Sagen wir zwei Minuten«, ahmte Johnny mich nach. »Zwei Minuten, und ich habe dir nur einen Bruchteil erzählt. Wenn ich dir all das erzählen

würde, was ich gesehen habe, was die Kinder taten und wie Hamp *Save it, pretty mamma* spielte und ich jede Note hörte, verstehst du, jede Note, und Hamp ist keiner von denen, die schnell müde werden, und wenn ich dir erzählen würde, daß ich hörte, wie meine Alte ein langes Gebet vor sich hin sagte, in dem von Kohl die Rede war, glaub ich, sie bat um Vergebung für meinen Alten und für mich und sagte etwas von Kohl ... Nun, wenn ich dir das im einzelnen erzählen würde, dann würden mehr als zwei Minuten vergehen, was, Bruno?«
»Wenn du mir all das erzählen würdest, was du gehört und gesehen hast, dürfte eine gute Viertelstunde vergehen«, sagte ich lachend.
»Dürfte eine gute Viertelstunde vergehen, was, Bruno. Dann sag mir mal, wie es möglich ist, daß ich plötzlich fühle, daß die Metro hält, und ich mich von meiner Alten, von Lan und all dem losreiße und sehe, daß wir in Saint-Germain-des-Prés sind, ganze anderthalb Minuten von Odéon entfernt.«
Nie habe ich das, was Johnny sagt, sehr ernst genommen, doch die Art, wie er mich ansah, machte mich frösteln.
»Kaum anderthalb Minuten in deiner Zeit und in der Zeit von der da«, sagte Johnny grollend. »Und auch nach der Uhr der Metro und nach meiner Uhr, zum Teufel mit ihnen. Wie ist es dann möglich, daß ich eine Viertelstunde lang gedacht habe, sag mir mal, Bruno. Wie kann man in anderthalb Minuten eine

Viertelstunde lang denken? Ich schwöre dir, daß ich an dem Tag nicht ein Blättchen, nicht ein Bröselchen geraucht habe«, fügte er, wie ein Kind sich entschuldigend, hinzu. »Und dann ist es mir wieder passiert, und jetzt passiert es mir überall. Aber«, sagte er listig, »nur in der Metro kann ich es merken, denn in der Metro fahren ist wie in einer Uhr stecken. Die Stationen sind die Minuten, verstehst du, das ist eure Zeit, die jetzige; aber ich weiß, daß es eine andere gibt, und ich hab darüber nachgedacht und nachgedacht ...«

Er bedeckt sich das Gesicht mit den Händen und zittert. Ich wäre gern schon gegangen, aber ich wußte nicht, wie ich es anstellen sollte, mich zu verabschieden, ohne Johnny zu verletzen, denn er ist, was seine Freunde betrifft, furchtbar empfindlich. Aber wenn er so fortfährt, wird ihm das schaden, mit Dédée wird er über diese Dinge wenigstens nicht sprechen.

»Bruno, könnte ich doch nur leben wie in diesen Augenblicken, oder wenn ich spiele und die Zeit sich auch ändert ... Wenn du bedenkst, was sich in anderthalb Minuten alles abspielen kann ... Da könnte einer, nicht nur ich, auch die da und du und alle Jungs, Hunderte von Jahren leben, ja, wenn wir einen Weg fänden, könnten wir tausendmal länger leben, als wir wegen der Uhren leben, dieser Manie der Minuten und des Übermorgen ...«

Ich lächle, so gut ich kann, ich habe das Gefühl, daß er

recht hat, doch daß das, was er vermutet und was ich von seiner Vermutung ahne, verschwinden werde, sobald ich wieder auf der Straße wäre und in mein Alltagsleben zurückkehrte. In diesem Augenblick bin ich sicher, daß Johnny etwas sagt, das nicht nur damit zu erklären ist, daß er halb verrückt ist, daß ihm die Wirklichkeit entgleitet und ihm dafür eine Art Parodie läßt, die er in eine Hoffnung verwandelt. Alles, was Johnny mir in solchen Augenblicken sagt (und seit über fünf Jahren sagt er mir und allen solche Dinge), kann man sich nicht anhören und sich dabei vornehmen, später darüber nachzudenken. Kaum ist man auf der Straße, da ist es schon die Erinnerung, die die Worte wiederholt, und nicht mehr Johnny, alles wird zu einer Marihuana-Phantasterei, einem bloßen Herumfuchteln (denn es gibt andere, die ähnliches sagen, alle Augenblicke kommt einem ähnliches zu Ohren), und auf die Verwunderung folgt Irritation, wenigstens mir geht es so, und ich meine, Johnny habe mich auf den Arm genommen. Doch das immer erst am nächsten Tag, nicht während Johnny mir erzählt, denn dann spüre ich, daß da irgendwo etwas ist, das langsam nachgibt, als wolle ein Licht angezündet werden, oder besser, als müsse man etwas spalten, es von oben bis unten spalten wie einen Stamm, in den man einen Keil treibt, auf den man bis zuletzt einhämmert. Und Johnny hat keine Kraft mehr, um auf etwas einzuhämmern, und ich weiß nicht einmal, was für einen Hammer man

bräuchte, um einen Keil einzuschlagen, den ich mir ebenfalls nicht vorstellen kann.
Schließlich habe ich es doch fertiggebracht zu gehen, doch zuvor passierte noch etwas, das einfach passieren mußte – das oder etwas Ähnliches –, nämlich als ich mich von Dédée verabschiedete und Johnny den Rücken zukehrte, merkte ich, daß etwas vor sich ging, ich sah es in Dédées Augen, und drehte mich rasch um (vielleicht hatte ich etwas Angst vor Johnny, vor diesem Engel, der wie mein Bruder ist, vor diesem Bruder, der wie mein Engel ist) und ich sah, daß Johnny die Wolldecke, in die er eingehüllt war, plötzlich von sich gestoßen hatte und völlig nackt in dem Sessel saß, die Beine angezogen, die Knie am Kinn, zitternd, aber lachend, von Kopf bis Fuß nackt in dem schmuddeligen Sessel.
»Es wird langsam warm«, sagte Johnny. »Bruno, schau mal, was für eine schöne Narbe ich zwischen den Rippen habe.«
»Deck dich zu«, befahl Dédée, verschämt und ohne zu wissen, was sie dazu sagen sollte. Wir kennen uns gut genug, und ein nackter Mann ist nichts weiter als ein nackter Mann, immerhin hat Dédée sich geschämt und ich wußte nicht, wie ich mich verhalten sollte, um nicht den Eindruck zu erwecken, daß das, was Johnny tat, mich schockierte. Er wußte das und sein riesiger Mund lachte, obszön hielt er die Beine in die Höhe, sein Geschlecht hing über den Rand des Sessels wie bei einem Affen im Zoo, und auf

seinen Schenkeln waren seltsame Flecken, vor denen mich ekelte. Da hat Dédée nach der Wolldecke gegriffen und ihn schnell eingewickelt, während Johnny lachte und sehr glücklich zu sein schien. Ich verabschiedete mich flüchtig und versprach, am nächsten Tag wiederzukommen, und Dédée brachte mich bis zum Treppenabsatz, wobei sie die Tür hinter sich schloß, damit Johnny nicht höre, was sie mir zu sagen hatte.

»So ist er, seit wir von der Tournee durch Belgien zurück sind. Überall hat er so gut gespielt und ich war so froh.«

»Ich frage mich, woher er die Drogen hat«, sagte ich und sah ihr dabei in die Augen.

»Ich weiß nicht. Er hat fast die ganze Zeit nur Wein und Cognac getrunken. Geraucht hat er zwar auch, aber weniger als dort ...«

›Dort‹ ist Baltimore und New York, sind die drei Monate in der psychiatrischen Klinik in Bellevue und der lange Aufenthalt in Camarillo.

»Hat Johnny in Belgien wirklich gut gespielt, Dédée?«

»Ja, Bruno, ich glaube, besser denn je. Das Publikum war wie verrückt und die Jungs vom Orchester haben es mir mehrmals gesagt. Dann aber passierten auf einmal seltsame Dinge, wie das immer ist bei Johnny, aber zum Glück nie vor dem Publikum. Ich glaubte schon ... aber Sie sehen ja, jetzt ist es schlimmer denn je.«

»Schlimmer als in New York? Aber Sie haben ihn in jenen Jahren doch noch nicht gekannt.«
Dédée ist nicht dumm, aber keine Frau hat es gern, daß man ihr von ihrem Mann aus einer Zeit erzählt, da er noch nicht mit ihr liiert war, abgesehen davon, daß sie ihn jetzt ertragen muß und daß das von früher weiter nichts sind als Worte. Ich weiß nicht, wie ich es ihr sagen soll, habe nicht einmal volles Vertrauen zu ihr, doch am Ende entschließe ich mich.
»Ich vermute, ihr habt kein Geld mehr.«
»Wir haben diesen Vertrag, um übermorgen anzufangen«, sagte Dédée.
»Glauben Sie, daß er Aufnahmen machen und öffentlich auftreten kann?«
»Aber ja doch«, sagte Dédée etwas überrascht. »Johnny wird besser spielen denn je, wenn Doktor Bernard ihn von der Grippe kuriert. Das Problem ist nur das Saxophon.«
»Ich werde mich darum kümmern. Hier, nehmen Sie das, Dédée. Nur... Es wäre besser, wenn Johnny nichts davon erführe.«
»Bruno ...«
Mit einer abwehrenden Geste und indem ich gleich die Treppe hinunterging, verhinderte ich, daß Dédée sich unnötig bedankte. Vier oder fünf Stufen von ihr entfernt, fiel es mir leichter, ihr zu sagen:
»Um nichts in der Welt darf er vor dem ersten Konzert rauchen. Lassen Sie ihn etwas trinken, aber geben Sie ihm kein Geld für anderes.«

Dédée sagte nichts darauf, doch ich sah, wie ihre Finger die Scheine falteten und noch mal falteten und sie verschwinden ließen. Wenigstens bin ich mir sicher, daß Dédée nicht raucht. Sollte sie seine Komplizin sein, so aus Angst oder aus Liebe. Wenn Johnny auf die Knie fällt, wie ich das in Chicago gesehen habe, und sie unter Tränen bittet ... Doch das ist ein Risiko wie so viele andere bei Johnny, im Augenblick hat er wenigstens Geld für Essen und Medikamente. Auf der Straße schlug ich mir den Kragen des Regenmantels hoch, da es zu nieseln anfing, und atmete mehrmals tief durch, bis mir die Lungen wehtaten; ich fand, Paris roch sauber, nach warmem Brot. Erst da wurde mir bewußt, wie Johnnys Zimmer roch, Johnnys schwitzender Körper unter der Wolldecke. Ich ging in ein Café, um einen Cognac zu trinken und mir den Mund auszuspülen, vielleicht auch, um die so hartnäckige Erinnerung an Johnnys Worte loszuwerden, seine Reden, seine Art, Dinge zu sehen, die ich nicht sehe und im Grunde auch gar nicht sehen will. Ich begann an übermorgen zu denken, und das war wie eine Beruhigung, wie eine Brücke, die sich von der Theke in die Zukunft spannte.

Wenn man sich keiner Sache ganz sicher ist, ist es das beste, sich Aufgaben zu stellen. Zwei oder drei Tage später meinte ich, daß es meine Aufgabe sei, herauszufinden, ob die Marquise Johnny Carter Marihuana verschaffte, und ich besuchte sie in ihrem Atelier in Montparnasse. Die Marquise ist wirklich eine Marquise, sie hat haufenweise Geld, das ihr der Marquis zukommen läßt, obgleich sie sich schon vor längerer Zeit wegen des Marihuanas und anderer, ähnlicher Gründe hatten scheiden lassen. Ihre Freundschaft mit Johnny datiert seit New York, wahrscheinlich seit dem Jahr, als Johnny über Nacht berühmt wurde, nur weil einer ihm Gelegenheit gegeben hatte, vier oder fünf Jungs zusammenzubringen, die seinen Stil mochten, und Johnny zum ersten Mal spielen konnte, wie er wollte, und alle in Erstaunen versetzte. Es ist dies nicht der Augenblick, über Jazz zu sprechen, wer daran interessiert ist, mag mein Buch über Johnny und den neuen Nachkriegsstil lesen, doch kann ich wohl sagen, daß es achtundvierzig – sagen wir bis fünfzig – so etwas wie eine Explosion in der Musik gab, aber eine kalte, stille Explosion, bei der alles an seinem Platz blieb und es weder Schreie noch Trümmer gab, doch die Kruste der Gewohnheit zersprang in tausend Stücke, und selbst die Konservativen (in den Orchestern und im Publikum) machten etwas, das sie nicht mehr wie früher empfanden, zu ihrer Sache. Denn seit Johnny dazu übergegangen ist, Altsaxophon zu spielen, kann man die alten Altsaxophonisten nicht mehr hören und meinen, sie seien das Nonplusultra; man muß sich damit abfinden und zu dieser Art verhüllter Resignation greifen, die sich historische Bedeutung nennt,

man muß sich sagen, daß jeder dieser Musiker großartig gewesen ist, und es immer noch ist, doch in seiner Zeit. Johnny ist für den Jazz der gewesen, der eine neue Seite aufschlägt, und damit basta.
Die Marquise, die Ohren eines Windspiels hat für alles, was Musik ist, hat Johnny und seine Gruppe immer über alle Maßen bewundert. Ich kann mir gut denken, daß sie ihnen zu Zeiten des Club 33 nicht wenige Dollar zusteckte, als die meisten Kritiker gegen Johnnys Schallplattenaufnahmen protestierten und seinen Jazz nach mehr als antiquierten Kriterien beurteilten. Zu jener Zeit war es wohl auch, daß die Marquise anfing, hin und wieder mit Johnny zu schlafen und mit ihm zusammen zu rauchen. Oft sah ich sie vor den Aufnahmen oder in den Konzertpausen zusammen, und Johnny schien an der Seite der Marquise überaus glücklich zu sein, auch wenn auf einem anderen Parkettplatz oder zu Haus Lan und die Kinder saßen und auf ihn warteten. Doch hat Johnny nie gewußt, was es heißt, auf jemanden zu warten, und er kann sich auch nicht vorstellen, daß jemand auf ihn warten könnte. Auch die Art und Weise, wie er Lan sitzenließ, war echt Johnny. Ich habe die Ansichtskarte gesehen, die er ihr aus Rom schickte, nachdem er bereits vier Monate weg war (er war mit zwei anderen Musikern in ein Flugzeug gestiegen, ohne daß Lan etwas davon ahnte). Die Ansichtskarte zeigte Romulus und Remus, die Johnny schon immer sehr gefallen hatten (eine seiner

Schallplatten heißt so), und er schrieb: »Ich bin einsam inmitten vieler Lieben«, was eine Zeile aus einem Gedicht von Dylan Thomas ist, den Johnny immerfort liest. Seine Agenten in Amerika kamen überein, einen Teil von Johnnys Einnahmen einzubehalten und Lan zukommen zu lassen, die bald begriff, daß sie damit, daß sie Johnny freigab, gar kein schlechtes Geschäft gemacht hatte. Irgend jemand hat mir erzählt, daß die Marquise auch Lan Geld zukommen läßt, ohne daß diese ahnt, woher es kommt. Das wundert mich nicht, denn die Marquise ist irrsinnig großzügig und begreift die Welt ein wenig als die Omeletts, die sie in ihrem Atelier fabriziert, wenn die Freunde in Scharen kommen; es ist eine Art Daueromelett, in das sie alles mögliche hineintut und von dem sie dann jeweils so viele Portionen brät und anbietet, wie gerade gebraucht werden.

Ich fand die Marquise in Gesellschaft von Marcel Gavoty und Art Boucaya, sie sprachen gerade von den Aufnahmen, die Johnny am Nachmittag zuvor gemacht hatte. Sie fielen über mich her, als sähen sie einen Engel kommen, die Marquise küßte mich ab, bis sie nicht mehr konnte, und die Jungs klopften mir auf die Schulter, wie das nur ein Kontrabassist und ein Baritonsax können. Ich mußte mich hinter einen Sessel flüchten, um mich ihrer so gut ich konnte zu erwehren, und all das, weil sie erfahren hatten, daß ich es war, der das herrliche Saxo besorgt hatte, mit dem Johnny gerade vier oder fünf seiner besten

Improvisationen auf Platte gespielt hatte. Die Marquise sagte sofort, daß Johnny ein unverschämter Kerl sei, und auch wenn er sich mit ihr verkracht hatte (sie sagte nicht warum), wisse der unverschämte Kerl doch sehr genau, daß er weiter nichts hätte zu tun brauchen, als sie in gehöriger Form um Verzeihung zu bitten, um von ihr einen Scheck zu bekommen, damit er sich ein neues Saxo kaufen könne. Natürlich hat sich Johnny, seit er wieder in Paris ist, nicht bei ihr entschuldigen wollen – zu dem Krach war es wahrscheinlich zwei Monate vorher in London gekommen –, und so konnte denn auch niemand wissen, daß er sein verdammtes Saxo in der Metro verloren hatte, usw. Wenn die Marquise derart in Fahrt kommt, fragt man sich, ob nicht der Dizzy-Stil auf ihre Suada abgefärbt hat, die in einer unendlichen Reihe von Variationen in den unerwartetsten Registern besteht; doch schließlich schlägt sich die Marquise fest auf die Schenkel, sperrt den Mund auf und fängt an zu lachen, als kitzele man sie zu Tode. Und da benutzte Art Boucaya die Gelegenheit, um mir Einzelheiten von der gestrigen *session* zu erzählen, zu der ich nicht kommen konnte, da meine Frau mit Lungenentzündung liegt.

»Tica kann es bezeugen«, sagte Art, auf die Marquise zeigend, die sich vor Lachen krümmte. »Bruno, du kannst dir nicht vorstellen, was da gestern los war, bis du die Platten gehört hast. Wenn Gott gestern irgendwo war, dann, das kannst du mir glauben, war er in diesem verdammten Aufnahmestudio, wo es, nebenbei gesagt, höllisch heiß war. Erinnerst du dich an *Willow Tree*, Marcel?«

»Ob ich mich erinnere?« sagte Marcel. »Da fragt dieser Idiot noch, ob ich mich erinnere: Von Kopf bis Fuß bin ich mit *Willow Tree* tätowiert.«

Tica brachte uns *highballs* und wir machten es uns bequem, um miteinander zu plaudern. Eigentlich sprachen wir wenig über die gestrige *session*, denn jeder Musiker weiß, daß man über diese Dinge nicht sprechen kann, doch das wenige, das man sagte, gab mir wieder ein bißchen Hoffnung, und ich dachte, vielleicht bringt mein Saxo Johnny Glück. Allerdings fehlte es nicht an Anekdoten, die diese Hoffnung etwas dämpften, wie zum Beispiel, daß sich Johnny zwischen zwei Aufnahmen Schuhe und Strümpfe ausgezogen hatte und barfuß im Studio herumspaziert war. Immerhin hat er sich mit der Marquise ausgesöhnt und versprochen, vor seiner Vorstellung heute abend ins Atelier zu kommen und ein Gläschen mit uns zu trinken.

»Kennst du das Mädchen, das Johnny jetzt hat?« wollte Tica wissen. Ich beschrieb sie ihr so kurz wie möglich, doch Marcel ergänzte meine Beschreibung auf französische Art, überaus nuancenreich und mit vielen Anspielungen, was die Marquise mächtig amüsierte. Man erwähnte das Marihuana mit keinem Wort, aber ich war so mißtrauisch, daß ich meinte, es in Ticas Atelier zu riechen, zudem hat Tica eine Art zu lachen, die ich manchmal auch bei Johnny und Art Boncaya bemerkte und die die Süchtigen verrät. Ich frage mich, wie Johnny an den Stoff gekommen sein mag, wenn er sich mit der Marquise überworfen hatte; mein Vertrauen zu Dédée war jäh dahin, wenn ich je welches zu ihr gehabt hatte. Im Grunde sind sie alle gleich.

Ich beneide sie ein wenig um diese Ähnlichkeit, die sie einander näherbringt, die sie so leicht Komplizen werden läßt; von meiner puritanischen Welt aus – ich brauche es nicht zu gestehen, jeder, der mich kennt, weiß, daß ich Zügellosigkeit verabscheue – sehe ich sie als kranke Engel, die mit ihrer Unverantwortlichkeit ein Ärgernis sind, doch sie lohnen einem die Aufmerksamkeit, die man ihnen schenkt, mit anderem, Johnny mit seinen Schallplatten und die Marquise mit ihrer Großzügigkeit. Doch damit habe ich noch nicht alles gesagt, ich muß mich überwinden, es zu sagen: ich beneide sie, ich beneide Johnny, diesen Johnny der anderen Seite, ohne daß jemand genau wüßte, was diese andere Seite ist. Ich beneide alles außer seinen Schmerz, was jeder verstehen wird, doch noch in seinem Schmerz muß es Spuren von etwas geben, das mir versagt bleibt. Ich beneide Johnny und gleichzeitig macht es mich wütend, daß er sich durch den schlechten Gebrauch seiner Gaben zerstört und aufgrund der Spannungen in seinem Leben haufenweise Torheiten begeht. Ich glaube, wenn Johnny diesem seinem Leben eine Richtung geben würde, auch ohne dafür etwas zu opfern, nicht einmal das Rauschgift, und wenn er dieses Flugzeug, das seit fünf Jahren blind fliegt, besser steuerte, würde er vielleicht ganz übel enden, in völligem Wahnsinn, im Tod, doch nicht ohne zuvor dem auf den Grund gekommen zu sein, was er in seinen traurigen Monologen a posteriori sucht, mit der Aufzählung seiner Erfahrungen, die faszinierend sind, doch womit er auf halbem Wege stehenbleibt. Und all das behaupte ich bei meiner eigenen Feigheit, und vielleicht möchte ich im Grunde, daß es mit Johnny ganz plötzlich zu Ende gehe, wie ein Stern, der in tausend Stücke zerspringt, so daß die Astronomen eine Woche lang dumm gucken, und dann geht man schlafen und morgen ist ein anderer Tag.

Man hätte meinen können, Johnny habe geahnt, was ich gerade gedacht hatte, denn als er eintrat, begrüßte er mich fröhlich und setzte sich auch gleich neben mich, nachdem er die Marquise geküßt, einmal durch die Luft geschwenkt und mit ihr und Art ein kompliziertes onomatopoetisches Ritual vollzogen hatte, das allen unendlich viel Spaß machte.

»Bruno«, sagte Johnny, indem er es sich auf dem Sofa bequem machte, »die Tute ist ein Wunderding, die hier sollen dir erzählen, was ich da gestern herausgeholt habe. Tica hat Tränen geweint, groß wie Glühbirnen, und ich glaube nicht, daß sie geweint hat, weil sie ihrer Modistin Geld schuldet, was, Tica?«

Ich wollte noch mehr über die *session* erfahren, doch

Johnny genügt dieser Überschwang von Stolz. Sofort sprach er mit Marcel über das Programm dieses Abends und wie gut ihnen beiden die brandneuen grauen Anzüge stünden, in denen sie auftreten würden. Johnny fühlt sich wirklich sehr wohl, und man sieht, daß er seit Tagen nicht viel geraucht hat; wahrscheinlich nimmt er eben nur die Dosis, die er braucht, um mit Freude zu spielen. Und gerade als ich das denke, klopft mir Johnny auf die Schulter und beugt sich vor, um mir zu sagen:

»Dédée hat mir gesagt, daß ich mich neulich dir gegenüber sehr schlecht benommen habe.«

»Ach was, vergiß das.«

»Doch, ich erinnere mich sehr gut. Und wenn du meine Meinung wissen willst, im Grunde war ich großartig. Du solltest froh sein, daß ich mich dir gegenüber so benommen habe; das tue ich sonst bei niemandem, das kannst du mir glauben. Das ist ein Beweis dafür, wie sehr ich dich schätze. Wir müssen zusammen mal irgendwo hingehen, um über eine Menge Dinge zu sprechen. Hier...« Er schob verächtlich die Unterlippe vor, lachte, zuckte die Achseln, wackelte auf dem Sofa hin und her. »Alter Freund Bruno. Dédée hat gesagt, daß ich mich sehr schlecht benommen habe, wirklich.«

»Du hattest die Grippe. Geht es dir besser?«

»Es war keine Grippe. Der Arzt kam, und sofort fing er an mir zu sagen, wie sehr er Jazz liebe, und ich solle ihn eines Abends mal besuchen kommen, um seine Platten zu hören. Dédée hat mir erzählt, daß du ihr Geld gegeben hast.«

»Um euch aus der Verlegenheit zu helfen, bis du deine Gage bekommst. Wie ist denn das mit heute abend?«

»Ja, ich habe Lust zu spielen und würde jetzt gleich anfangen, wenn ich nur das Saxo hätte, doch Dédée hat darauf bestanden, es eigenhändig ins Theater zu tragen. Es ist ein großartiges Saxo; als ich gestern darauf spielte, war mir, als schliefe ich mit einer Frau. Du hättest Ticas Gesicht sehen sollen, als ich aufhörte. Warst du eifersüchtig, Tica?«

Und sie fingen wieder an laut zu lachen, und Johnny hielt es für angebracht, im Atelier herumzulaufen und Freudensprünge zu vollführen, und dann tanzten er und Art, ohne Musik, hoben und senkten die Brauen, um den Takt anzugeben. Man kann Johnny oder Art einfach nicht böse sein; das wäre wie dem Wind böse zu sein, weil er uns zerzaust. Leise sprachen Tica, Marcel und ich über unsere Erwartungen betreffend die Abendvorstellung. Marcel war überzeugt, daß Johnny seinen großen Erfolg von 1951, als er das erste Mal in Paris war, wiederholen werde. Nach der *session* von gestern ist er sicher, daß alles gutgehen werde. Ich wünschte so zuversichtlich zu sein wie er, aber ich würde schließlich nicht mehr tun können, als mich in eine der ersten Reihen zu setzen und mir das Konzert anzuhören. Immerhin durfte ich beruhigt sein, Johnny würde nicht unter Drogen stehen wie an jenem Abend in Baltimore. Als ich Tica das sagte, klammerte sie sich an mich, als wäre sie am Ertrinken. Art und Johnny gingen zum Klavier, und Art spielte ihm ein neues Thema vor und Johnny bewegte den Kopf dazu und summte vor sich hin. Beide sahen in ihren grauen Anzügen sehr elegant aus, obgleich das Fett, das Johnny in der letzten Zeit angesetzt hat, für ihn nicht vorteilhaft war.

Mit Tica sprachen wir über den Abend in Baltimore, als Johnny seine erste heftige Krise hatte. Während des Gesprächs sah ich Tica fest in die Augen, denn ich wollte sicher sein, daß sie mich versteht und daß sie diesmal nicht nachgibt. Wenn Johnny zuviel Cognac trinkt oder auch nur einen Krümel Marihuana raucht, wird das Konzert ein Fiasko und es wäre mit allem aus. Paris ist kein Provinz-Kasino und aller Augen sind auf Johnny gerichtet. Und während ich das denke, werde ich einen bitteren Geschmack im Munde nicht los, ein Zorn, der sich nicht gegen Johnny richtet noch gegen die Dinge, die ihm zustoßen; eher gegen mich selbst und die Leute um ihn herum, die Marquise und Marcel, zum Beispiel. Im Grunde sind wir eine Bande von Egoisten; unter dem Vorwand, auf Johnny aufzupassen, pflegen wir unsere Vorstellung von ihm, bereiten uns auf die neuen Freuden vor, die Johnny uns machen wird, bringen die Statue, die wir uns da errichtet haben, auf Hochglanz und verteidigen sie um jeden Preis. Ein Mißerfolg Johnnys wäre schlecht für mein Buch (dieser Tage soll die englische und die italienische Übersetzung erscheinen), und wahrscheinlich ist meine Sorge um Johnny zum Teil dadurch bedingt. Art und Marcel brauchen ihn, um sich ihr Brot zu verdienen, und die Marquise, weiß Gott, was die Marquise in Johnny sieht, von seinem Talent abgesehen. All dies hat nichts zu tun mit dem anderen Johnny, und plötzlich ging mir auf, daß vielleicht eben das es war, was Johnny mir zu verstehen geben wollte, als er die Wolldecke wegstieß und sich mir nackt wie ein Wurm zeigte, Johnny ohne Saxo, Johnny ohne Geld und ohne Kleider, von etwas besessen, das sein armer Verstand nicht zu begreifen vermag, doch das seine Musik durchweht, seine Haut streichelt und ihn vielleicht für einen unvorhersehbaren Sprung vorbereitet, den wir nie verstehen werden.

Und wenn man so etwas denkt, dann hat man am Ende wirklich einen bitteren Geschmack im Mund, aber was soll die größte Aufrichtigkeit, wenn man plötzlich entdeckt, daß man Dreck ist neben jemandem wie Johnny Carter, der jetzt kam, um auf dem Sofa seinen Cognac zu trinken, und mich vergnügt ansah. Es ist Zeit, daß wir alle in die Salle Pleyel gehen. Möge die Musik wenigstens den Rest des Abends retten und eine ihrer übelsten Aufgaben gründlich erfüllen, nämlich uns einen dichten Wandschirm vor den Spiegel zu stellen, uns für ein paar Stunden von der Landkarte zu streichen.

Es versteht sich, daß ich morgen für *Jazz Hot* eine Kritik über das Konzert von heute abend schreiben werde. Doch hier, mit diesem in den Pausen auf einem Knie gekritzelten Stenogramm, habe ich nicht die geringste Lust, als Kritiker zu sprechen, das heißt, zu loben und zu verdammen. Ich bin mir wohl bewußt, daß Johnny für mich aufgehört hat, ein Jazzer zu sein, und daß sein musikalisches Genie gleichsam eine Fassade ist, etwas, das alle Welt verstehen und bewundern kann, doch hinter der sich anderes verbirgt, und dies andere ist das einzige, worauf es mir ankommen sollte, vielleicht weil es das einzige ist, worauf es Johnny wirklich ankommt.
Das ist leicht gesagt, solange ich noch Johnnys Musik bin. Wenn sie erkaltet... Warum kann ich dann nicht dasselbe tun wie er, warum kann ich nicht mit dem Kopf gegen die Wand rennen? Ich gebe den Worten, die ihn angeblich schildern, den Vorrang vor der Wirklichkeit, ich verschanze mich hinter Betrachtungen und Vermutungen, die weiter nichts sind als stupide Dialektik. Ich glaube zu verstehen, warum man beim Beten unwillkürlich auf die Knie fällt. Die Veränderung der Haltung ist das Symbol für eine Veränderung in der Stimme, in dem, was die Stimme artikulieren will, in dem Artikulierten selbst. Sobald ich mir dieser Veränderung bewußt bin, bekommen die Dinge, die mir noch eine Sekunde vorher willkürlich erschienen, einen tiefen Sinn, werden außerordentlich einfach und tief zugleich.

Weder Marcel noch Art haben gestern gemerkt, daß Johnny nicht verrückt war, als er sich im Aufnahmestudio Schuhe und Strümpfe auszog. Johnny mußte in dem Augenblick einfach den Boden unter seinen Füßen spüren, sich mit der Erde verbinden, wofür seine Musik eine Bestätigung war und keine Flucht. Denn auch das spüre ich bei Johnny, daß er vor nichts flieht; er nimmt kein Rauschgift, um zu fliehen, wie die meisten Süchtigen, er spielt nicht Saxophon, um sich hinter einem Wall aus Musik zu verstecken, er verbringt nicht Wochen in psychiatrischen Kliniken, um sich geschützt zu fühlen gegen den Druck von außen, den er nicht ertragen kann. Selbst sein Stil, das Echteste an ihm, dieser Stil, dem man absurde Namen gibt, wo er doch überhaupt keinen braucht, beweist, daß Johnnys Kunst weder ein Ersatz ist noch eine Ergänzung. Johnny hat die Sprache des *hot*, die bis vor zehn Jahren mehr oder weniger en vogue war, aufgegeben, weil ihm diese stark erotische Sprache zu passiv war. In seinem Fall hat das Verlangen den Vorrang vor der Lust und vereitelt diese, denn das Verlangen fordert von ihm, weiter zu gehen, weiter zu suchen, und versagt ihm im voraus die bequeme Apotheose des traditionellen Jazz. Deshalb, glaube ich, mag Johnny die *blues* nicht besonders, in denen Masochismus und Sehnsüchte ... Doch von all dem habe ich schon in meinem Buch gesprochen, habe gezeigt, wie der Verzicht auf sofortige Befriedigung Johnny dazu brachte, eine Sprache zu schaffen, die er und andere Musiker heute bis an ihre äußersten Grenzen treiben. Dieser Jazz verschmäht jede billige Erotik, jeden Wagnerianismus, um es so zu sagen, und stellt sich in einen scheinbar leeren Raum, wo die Musik in absoluter Freiheit bleibt, so wie die Malerei, die der Darstellung sich verweigert, in Freiheit bleibt, um nichts weiter zu sein als Malerei. Aber dann, über seine Musik gebietend, die keine Orgasmen noch Sehnsüchte fördert, eine Musik, die ich metaphysisch nennen möchte, scheint Johnny auf sie zu bauen, um sich selbst zu erforschen, um die Wirklichkeit, die sich ihm ständig entzieht, zu packen zu kriegen. Ich sehe darin das große Paradox seines Stils, seine herausfordernde Wirkung. Unfähig, ihn zu befriedigen, bedeutet die Musik einen ständigen Anreiz, ein endloses Konstruieren, und die Freude daran besteht nicht im Vollenden, sondern im fortgesetzten Forschen, im Gebrauch von Fähigkeiten, die das momentan Menschliche hinter sich lassen, ohne der Menschlichkeit zu entraten. Und wenn Johnny wie heute abend im ständigen Erschaffen seiner Musik aufgeht, weiß ich, daß er vor nichts ausweicht. Zu einem Treffen gehen kann nimmer ein Ausweichen sein, auch wenn wir den Ort der Begegnung jedesmal in weitere Ferne rücken; und was das betrifft, was eventuell zurückbleibt, ignoriert Johnny es oder verachtet es zutiefst. Die Marquise, zum Beispiel, glaubt, daß Johnny das Elend fürchtet, ohne zu merken, daß Johnny nur eins fürchtet, nämlich neben dem Messer kein Kotelett zu finden, wenn er gern eins essen möchte, oder kein Bett, wenn er müde ist, oder keine hundert Dollar in der Brieftasche, wenn er es normal findet, Besitzer von hundert Dollar zu sein. Johnny bewegt sich nicht in einer Welt von Abstraktionen wie wir; daher hat seine Musik, diese wunderbare Musik, die ich heute abend gehört habe, überhaupt nichts Abstraktes. Doch nur er vermag abzuschätzen, was er, während er spielte, geerntet hat, und wahrscheinlich ist er schon wieder bei etwas anderem, ergeht sich in einer neuen Vermutung, hat einen neuen Verdacht. Seine Eroberungen sind wie ein Traum, er vergißt sie, wenn er erwacht, wenn der Applaus ihn zurückholt, ihn, der so weit weg ist und seine Viertelstunde in anderthalb Minuten lebt.

Es ist, als wäre man mitten im Gewitter an einen Blitzableiter gebunden und glaube, daß nichts passieren werde. Vier oder fünf Tage später traf ich Art Boncaya im *Dupont* im Quartier Latin, und kaum daß er mich sah, schlug er die Augen gen Himmel und verkündete mir die schlechten Nachrichten. Im ersten Moment empfand ich so etwas wie Genugtuung, die ich wirklich nur als boshaft bezeichnen kann, denn ich war mir darüber im klaren gewesen, daß der Friede nicht lange währen konnte; doch dann dachte ich an die Folgen, und ob meiner Zuneigung zu Johnny drehte sich mir der Magen um; ich trank zwei Cognacs, während Art mir berichtete, was geschehen war. Kurz gesagt, es war so, daß Delaunay an jenem Nachmittag eine Aufnahme vorbereitet hatte, um ein neues Quintett vorzustellen, Johnny zusammen mit Art, Marcel Gavoty und zwei sehr guten Jungs aus Paris am Klavier und am Schlagzeug. Die *session* sollte um drei Uhr beginnen, und man rechnete mit dem ganzen Nachmittag und einem Teil des Abends, um sich einzuspielen und ein paar Sachen aufzunehmen. Und was passiert? Zum einen kommt Johnny erst um fünf, als Delaunay schon vor Ungeduld kochte, und dann läßt er sich auch noch in einen Sessel fallen und sagt, er fühle sich nicht wohl und sei nur gekommen, um den Jungs nicht den Tag zu verderben, zum Spielen aber sei er überhaupt nicht aufgelegt.

»Marcel und ich versuchten ihn dazu zu bewegen, etwas auszuruhen, doch er redete immer nur von irgendwelchen Feldern und Urnen, die er gefunden hatte, von nichts als Urnen, eine halbe Stunde lang. Zum Schluß zog er aus seinen Taschen haufenweise Blätter, die er in irgendeinem Park aufgelesen hatte. Das Ergebnis war, daß der Boden des Studios aussah wie der Botanische Garten, und die Angestellten gingen auf und ab und machten mürrische Gesichter, und bei all dem kam es natürlich nicht zu Aufnahmen; der Toningenieur saß bereits seit drei Stunden in seiner Kabine und rauchte, und das ist viel für einen Toningenieur in Paris.

Schließlich konnte Marcel Johnny davon überzeugen, daß es das beste sei, es einfach mal zu versuchen, und beide fingen an zu spielen und wenig später fielen wir mit unseren Instrumenten ein, doch eigentlich nur, weil es zu ermüdend war, nichts zu tun. Es war mir schon aufgefallen, daß Johnny so was wie Zuckungen im rechten Arm hatte, und als er dann zu spielen begann, ich kann dir sagen, es war schrecklich mitanzusehen. Sein Gesicht war ganz grau, weißt du, und von Zeit zu Zeit befiel ihn eine Art Schüttelfrost; ich sah ihn schon auf dem Boden liegen. Doch da stößt er plötzlich einen Schrei aus, sieht uns einen nach dem andern sehr langsam an und fragt uns, worauf wir eigentlich noch warteten, um mit *Amorous* zu beginnen. Du weißt, dieses Thema von Alamo. Nun, Delaunay gibt dem Techniker ein Zeichen, wir setzen so gut wir können ein, und Johnny stellt sich breitbeinig hin, steht da wie auf einem schwankenden Boot und beginnt zu spielen, wie ich das, ich schwöre dir, noch nie gehört habe. Und das drei Minuten lang, bis er plötzlich einen Ton hervorstößt, der selbst die Harmonie des Himmels hätte zerstören können, sich in eine Ecke verkriecht und es uns überläßt, das Stück so gut wir können zu Ende zu spielen.

Doch das Schönste kommt noch, nämlich als wir zu spielen aufhörten, war das erste, was Johnny sagte, daß alles ganz miserabel gewesen sei und daß diese Aufnahme nicht zähle. Natürlich hörten weder

Delaunay noch wir auf ihn, denn trotz der Mängel war das Solo Johnnys tausendmal mehr wert als das, was du jeden Tag hörst. Es war etwas anderes, ich kann es dir nicht erklären ... Du wirst es schon noch hören. Du kannst dir vorstellen, daß weder Delaunay noch die Techniker daran dachten, die Aufnahme zu löschen. Doch Johnny bestand darauf wie ein Besessener und drohte damit, die Scheiben der Kabine einzuschlagen, wenn man ihm nicht bewiese, daß die Platte gelöscht worden sei. Der Toningenieur zeigte ihm schließlich irgendwas, das ihn überzeugte, und dann schlug Johnny vor, *Streptomicyne* aufzunehmen, und das wurde viel besser und zugleich viel schlechter, ich will damit sagen, daß es eine makellose und runde Platte wurde, aber es fehlt ihr das Unerhörte, das Johnny in *Amorous* geblasen hat.«

Art seufzte, trank sein Bier aus und sah mich traurig an. Ich fragte ihn, was Johnny danach gemacht habe, und er sagte mir, nachdem Johnny allen mit seinen Geschichten von den Blättern und den Feldern voll Urnen auf die Nerven gefallen sei, habe er sich geweigert, weiterzuspielen, und habe stolpernd das Studio verlassen. Marcel habe ihm das Saxo abgenommen, um zu verhindern, daß er es wieder verliert oder darauf tritt, und er und einer der Franzosen haben ihn ins Hotel gebracht.

Was konnte ich anderes tun, als gleich zu ihm zu gehen? Trotzdem verschob ich es auf morgen. Und am nächsten Morgen begegnete mir Johnnys Name in den Polizeiberichten im *Figaro*, denn während der Nacht soll er sein Hotelzimmer in Brand gesteckt haben und nackt durch die Korridore gelaufen sein. Er wie Dédée waren unverletzt, doch Johnny lag unter Aufsicht im Krankenhaus. Ich zeigte meiner Frau die Nachricht, um sie in ihrer Rekonvaleszenz aufzumuntern, und ging sofort ins Krankenhaus, wo mir mein Presseausweis überhaupt nichts nutzte. Alles, was ich erfahren konnte, war, daß Johnny sich im Delirium befand und eine Dosis Marihuana in sich hatte, die gereicht hätte, um zehn Leute verrückt zu machen. Die arme Dédée hatte es nicht fertiggebracht, standhaft zu bleiben, ihn davon abzuhalten, weiter zu rauchen; alle Frauen Johnnys werden schließlich seine Komplizinnen, und ich bin fest davon überzeugt, daß die Marquise ihm den Stoff verschafft hat.

Kurzum, es war so, daß ich sofort zu Delaunay ging und ihn bat, mir so bald wie möglich *Amorous* vorzuspielen. Wer weiß, ob *Amorous* nicht Johnnys Testament ist; und in dem Fall ist es meine berufliche Pflicht, daß ich ...

Aber nein, noch nicht. Fünf Tage später rief mich Dédée an und sagte mir, daß es Johnny viel besser gehe und er mich sehen möchte. Ich zog es vor, ihr keine Vorwürfe zu machen, einmal weil ich annahm, daß ich damit nur meine Zeit verlöre, und zum andern, weil die Stimme der armen Dédée aus einer gesprungenen Teekanne zu kommen schien. Ich versprach sofort zu ihm zu gehen und sagte ihr, wenn Johnny sich wieder besser fühle, könne man vielleicht eine Tournee durch die Provinz organisieren. Als Dédée zu weinen anfing, legte ich den Hörer auf.

Johnny sitzt im Bett, in einem Zimmer mit zwei anderen Patienten, die zum Glück schlafen. Noch bevor ich etwas sagen konnte, nahm er meinen Kopf zwischen seine Pranken und küßte mich mehrmals auf Stirn und Wangen. Er war schrecklich abgemagert, obgleich er, wie er mir sagte, viel zu essen bekomme und auch Appetit habe. Was ihn im Augenblick am meisten beschäftigt, ist, ob die Jungs schlecht über ihn reden, ob seine Krise jemanden geschädigt habe, und dergleichen mehr. Es erübrigt sich fast, ihm zu antworten, denn er weiß ja selbst, daß die Konzerte abgesagt werden mußten und daß Art und Marcel und die anderen den Schaden davon haben; doch er fragt mich das so, als glaubte er, in der Zwischenzeit sei etwas geschehen, das die Dinge wieder eingerenkt hat. Aber er kann mir nichts vormachen, denn im Grunde ist ihm all das völlig gleichgültig; es ist Johnny scheißegal, daß alles in die Brüche gegangen ist, ich kenne ihn zu gut, um das nicht zu merken.

»Was soll ich dir sagen, Johnny. Es hätte besser ausgehen können, aber du hast das Talent, alles zu verderben.«

»Ja, du hast recht«, sagte Johnny müde. »Und alles nur wegen der Urnen.«

Ich erinnerte mich an Arts Worte und sah ihn an.

»Felder voller Urnen, Bruno. Haufen unsichtbarer Urnen, die in einem riesigen Feld vergraben sind. Ich ging da herum, und immer wieder stieß ich gegen etwas. Du wirst sagen, das habe ich geträumt, wie? Wirklich nicht, hör zu: immer wieder stolperte ich über eine Urne, bis ich plötzlich merkte, daß das ganze Feld voller Urnen war, daß es Tausende und Abertausende davon gab, und in jeder Urne war die Asche eines Toten. Ich erinnere mich, daß ich mich da gebückt habe und anfing, mit den Fingernägeln die Erde wegzuscharren, bis eine der Urnen freilag. Ja, ich erinnere mich. Ich erinnere mich, daß ich gedacht habe: ›Die hier wird leer sein, weil die mir bestimmt ist.‹ Doch nein, sie war mit grauem Staub gefüllt, und ich wußte, daß auch die anderen voll waren, obgleich ich sie nicht untersucht hatte. Da ... ja, da war es, glaube ich, daß wir anfingen, *Amorous* aufzunehmen.«

Diskret warf ich einen Blick auf die Fiebertabelle. Ziemlich normal, wer hätte das gedacht. Ein junger Arzt erschien an der Tür, grüßte mich mit einem kurzen Nicken und machte zu Johnny hin eine aufmunternde Geste. Doch Johnny erwiderte sie nicht, und als der Arzt ging, ohne das Zimmer betreten

zu haben, sah ich, daß Johnny die Fäuste geballt hatte.
»Das werden die nie verstehen«, sagte er. »Die sind wie Affen, die sich mit Federn schmücken, wie die Mädchen im Konservatorium in Kansas City, die tatsächlich glaubten, was sie da spielten, sei Chopin. Bruno, in Camarillo hat man mich zusammen mit drei anderen in ein Zimmer gesteckt, und jeden Morgen kam ein Assistenzarzt mit frisch gewaschenem rosigem Gesicht, daß es nur so strahlte. Sah aus wie der Sohn von Kleenex und Tampax, glaub mir. Ein ganz großer Idiot, der sich neben mich setzte, um mich aufzumuntern, mich, der ich sterben wollte, der ich an niemanden mehr dachte, nicht einmal an Lan. Und das Schönste war, daß der Typ sich beleidigt fühlte, weil ich ihm keine Beachtung schenkte. Er hat scheint's erwartet, daß ich mich im Bett aufsetze, voller Bewunderung für sein rosiges Gesicht, sein schön gekämmtes Haar und seine gepflegten Fingernägel, und daß es mir dann gleich besser geht, wie denen, die nach Lourdes kommen, ihre Krücken wegwerfen und nach Hause hopsen ...
Bruno, dieser Typ und alle anderen Typen in Camarillo waren überzeugt. Wovon, willst du wissen? Ich weiß es nicht, ich schwöre dir, aber sie waren überzeugt. Von dem, was sie waren, nehme ich an, von dem, was sie wert waren, von ihrem Diplom. Nein, das stimmt nicht ganz. Einige waren bescheiden und hielten sich nicht für unfehlbar. Doch selbst der

Bescheidenste fühlte sich sicher. Das war es, was mir auf die Nerven ging, Bruno, *daß sie sich sicher fühlten*. Sicher welcher Sache, möchte ich mal wissen, wo ich, ein armer Teufel mit mehr Seuchen unter der Haut als der Leibhaftige selbst, hinreichend beieinander war, um zu spüren, daß alles wie Gallert war, daß alles um uns herum wabbelte, man brauchte nur ein wenig aufmerksam zu sein, ein wenig in sich hineinzuhören, ein wenig zu schweigen, um die Löcher zu entdecken. In der Tür, im Bett: Löcher. In der Hand, in der Zeitung, in der Zeit, in der Luft: alles voller Löcher, alles wie ein Schwamm, wie ein Sieb, das sich selbst siebt ... Doch sie waren die amerikanische Wissenschaft, verstehst du, Bruno? Der weiße Kittel schützte sie vor den Löchern; sie sahen nichts, sie sahen nur, was andere schon gesehen hatten, und sie bildeten sich ein, sie sähen. Natürlich konnten sie da die Löcher nicht sehen, und sie waren sehr selbstsicher, ganz überzeugt von ihren Rezepten, ihren Spritzen, ihrer verdammten Psychoanalyse, ihrem Rauchen Sie nicht und ihrem Trinken Sie nicht ... Ah, der Tag, als ich endlich da herauskam, in den Zug stieg, durch das Abteilfenster sah, wie alles rückwärts lief, in Stücke brach, ich weiß nicht, ob du je gemerkt hast, wie die Landschaft zerbricht, wenn du siehst, wie sie sich entfernt ...«

Wir rauchen Gauloises. Man hatte Johnny erlaubt, ein wenig Cognac zu trinken und acht bis zehn Zigaretten pro Tag zu rauchen. Aber man sieht, daß es sein Körper ist, der raucht, daß er selbst ganz woanders ist, so als weigere er sich, aus dem Brunnen herauszukommen. Ich frage mich, was er wohl gesehen hat, was er diese letzten Tage gefühlt hat. Ich will nicht, daß er sich erregt, aber wenn er von selber anfinge zu erzählen ... Wir rauchen schweigend, und manchmal streckt Johnny den Arm aus und fährt mir mit den Fingern übers Gesicht, so als wolle er mich identifizieren. Dann spielt er mit seiner Armbanduhr, betrachtet sie liebevoll.

»Die halten sich tatsächlich für Weise«, sagt er plötzlich. »Sie halten sich für Weise, weil sie einen Haufen Bücher angesammelt und verkonsumiert haben. Ich kann darüber nur lachen, denn im Grunde sind es gute Kerle und sie sind davon überzeugt, daß das, was sie studieren und was sie tun, überaus schwierige und ernste Dinge sind. Im Zirkus ist es genauso, Bruno, und bei uns ist es auch nicht anders. Die Leute glauben, manche Dinge seien ungeheuer schwierig, und deshalb applaudieren sie den Trapezkünstlern, oder mir. Ich weiß nicht, was die sich vorstellen; daß einer sich in Stücke reißt, um gut zu spielen, oder daß der Trapezkünstler sich jedesmal, wenn er einen Salto vollführt, die Sehnen zerreißt? In Wirklichkeit sind die schwierigen Dinge ganz andere, nämlich all das, was die Leute jeden Augenblick tun zu können glauben. Zum Beispiel einen Hund oder eine Katze zu betrachten oder sie zu verstehen. Das sind die schwierigen Dinge, die ganz schwierigen Dinge. Gestern abend verfiel ich auf die Idee, mich in diesem kleinen Spiegel zu betrachten, und ich kann dir sagen, das war so furchtbar schwierig, daß ich fast aus dem Bett gesprungen wäre. Stell dir mal vor, du sähest dich selbst; allein das genügt, um einem für eine halbe Stunde den Atem zu verschlagen. Wirklich, dieser Typ da, der bin ich nicht, im ersten Moment habe ich deutlich gefühlt, daß der nicht ich war. Ich überraschte ihn, aus den Augenwinkeln, und ich wußte, das bin nicht ich. Das habe ich gefühlt, und wenn man etwas fühlt ... Das ist wie in Palm Beach, nach einer Welle bricht eine zweite über dich herein, und dann noch eine ... Kaum hast du etwas gefühlt, kommt schon das nächste, kommen die Worte ... Nein, es sind nicht die Worte, es ist das, was in den Worten ist, diese Art Leim, dieser Schleim. Und der Schleim kommt und bedeckt dich und überzeugt dich davon, daß der im Spiegel du bist. Natürlich, wie denn auch nicht. Gewiß bin ich das, mit dem Haar und dieser Narbe. Und die Leute merken nicht, daß das einzige, was sie akzeptieren, der Schleim ist, und deshalb finden sie es so einfach, sich im Spiegel zu betrachten. Oder mit dem Messer ein Stück Brot abzuschneiden. Hast du schon mal mit einem Messer ein Stück Brot abgeschnitten?«

»Das passiert mir öfters«, sagte ich amüsiert.

»Und das macht dir überhaupt nichts aus? Das kann ich nicht, Bruno. Einmal habe ich beim Abendessen alles so weit von mir geschleudert, daß das Messer einem Japaner, der am Nebentisch saß, fast ein Auge ausgestochen hätte. Das war in Los Angeles, es gab einen ungeheuren Tumult ... Als ich es ihnen erklärte, führten sie mich ab. Und dabei schien es mir so einfach, ihnen alles zu erklären. Damals habe ich den Doktor Christie kennengelernt. Ein Pfundskerl, obgleich ich die Ärzte ...«

Er fuhr mit einer Hand durch die Luft, betastete sie überall und ließ gleichsam eine Spur zurück. Er lächelte. Ich habe das Gefühl, daß er allein ist, völlig allein. Ich fühle mich wie hohl neben ihm. Wenn es Johnny einfiele, mit seiner Hand durch mich hindurch zu fahren, würde er mich schneiden wie Butter, wie Rauch. Vielleicht deswegen berührt er manchmal mit seinen Fingern vorsichtig mein Gesicht.

»Da ist das Brot, dort auf dem Tischtuch«, sagte Johnny und blickte dabei in die Luft. »Es ist etwas Festes, das läßt sich nicht leugnen, hat eine wunderschöne Farbe und duftet. Es ist etwas, das nicht ich bin, etwas anderes, außerhalb meiner selbst. Doch wenn ich es berühre, wenn ich die Finger ausstrecke und danach greife, dann ändert sich etwas, findest du nicht auch? Das Brot ist außerhalb meiner selbst, aber ich berühre es mit den Fingern, fühle es, fühle, daß das die Welt ist, doch wenn ich es anfassen und fühlen kann, dann kann man wirklich nicht sagen, daß es etwas anderes sei, oder glaubst du, daß man das sagen kann?«

»Mein Lieber, seit Tausenden von Jahren zerbricht sich ein Haufen bärtiger Männer den Kopf über dieses Problem.«
»Im Brot ist es Tag«, murmelt Johnny und bedeckt sein Gesicht. »Und ich wage es, es anzufassen, es durchzuschneiden, es mir in den Mund zu stecken. Es geschieht nichts, ich weiß; aber eben das ist das Furchtbare. Ist dir klar, daß es furchtbar ist, daß nichts geschieht? Du schneidest das Brot, stößt ihm das Messer hinein, und alles ist wie vorher. Ich versteh das nicht, Bruno.«
Johnnys Gesichtsausdruck, seine Erregung, begann mich zu beunruhigen. Es wird immer schwieriger, ihn dazu zu bringen, über Jazz, seine Erinnerungen, seine Pläne zu sprechen, ihn in die Wirklichkeit zurückzuholen. (In die Wirklichkeit; kaum schreibe ich das, ekelt es mich. Johnny hat recht, die Wirklichkeit kann das nicht sein, es ist nicht möglich, daß Jazzkritiker zu sein die Wirklichkeit ist, denn dann gäbe es da jemanden, der sich über uns lustig macht. Aber man kann Johnny auch nicht blindlings folgen, denn dann würden wir am Ende alle verrückt.)

Jetzt schläft er, wenigstens hat er die Augen geschlossen und tut so, als ob er schliefe. Wieder merke ich, wie schwierig es ist, mit Sicherheit zu sagen, was Johnny gerade tut, was er *ist*. Ob er schläft, ob er sich schlafend stellt, ob er zu schlafen glaubt. Man ist

Johnny immer ferner als irgendeinem anderen Freund. Niemand kann banaler, gewöhnlicher, derart von den Umständen eines armseligen Lebens abhängig sein; für alles anfällig, wie's scheint. Er ist keine Ausnahme, wie's scheint. Jeder kann sein wie Johnny, sofern er nichts dagegen hat, ein armer Teufel zu sein, krank, willenlos, voller Laster und dabei voller Poesie und Talent. Wie's scheint. Ich, der ich mein Leben damit verbracht habe, die Genies zu bewundern, die Picassos, die Einsteins, die ganze famose Liste, die jeder in einer Minute aufstellen kann (und Gandhi und Chaplin und Strawinsky), ich will, wie jeder andere, gern zugeben, daß diese Genies in den Wolken schweben und daß man sich bei ihnen über nichts zu wundern braucht. Sie sind anders, damit muß man sich abfinden. Die Andersartigkeit Johnnys dagegen ist geheimnisvoll, durch ihr Geheimnis, das unerklärlich ist, irritierend. Johnny ist kein Genie, er hat nichts entdeckt, er macht Jazz wie Tausende von Schwarzen und Weißen, und wenn er es auch besser macht als sie alle, muß man doch zugeben, daß das ein wenig vom Geschmack des Publikums abhängt, von der Mode, kurz, von der Zeit. Panassié, zum Beispiel, findet Johnny einfach schlecht, obgleich wir meinen, daß derjenige, der einfach schlecht ist, Panassié heißt, jedenfalls gibt es hinreichend Stoff zur Polemik. All dies beweist, daß Johnny keineswegs von einer anderen Welt ist, doch kaum denke ich das, frage ich mich, ob in

Johnny nicht etwas von einer anderen Welt ist (und er ist der letzte, der davon weiß). Wahrscheinlich würde er laut lachen, wenn ihm einer das sagt. Ich weiß ziemlich genau, was er denkt, inwieweit er von diesen Dingen lebt. Ich sage: inwieweit er von diesen Dingen lebt, denn Johnny... Doch darauf will ich nicht hinaus; was ich mir selbst klarmachen wollte, ist, daß es für die Distanz zwischen Johnny und uns keine Erklärung gibt, denn sie beruht nicht auf Unterschieden, die sich erklären ließen. Und ich glaube, daß er der erste ist, der dafür bezahlt, und daß ihn das geradeso schmerzt wie uns. Ich möchte fast sagen, Johnny ist wie ein Engel unter Menschen, doch eine elementare Redlichkeit zwingt mich, den Satz zu unterdrücken, ihn hübsch umzudrehen und zuzugeben, daß es vielleicht umgekehrt ist, daß Johnny ein Mensch unter Engeln ist, eine Wirklichkeit unter den Unwirklichkeiten, die wir alle sind. Und vielleicht deshalb berührt Johnny mit den Fingern mein Gesicht und macht, daß ich mich so kläglich fühle, so durchsichtig, so kümmerlich mit meiner Gesundheit, mit meinem Haus, mit meiner Frau, mit meinem Prestige. Vor allem mit meinem Prestige. Ja, vor allem mit meinem Prestige.

Aber es ist immer dasselbe, ich verließ das Krankenhaus, und kaum war ich auf der Straße, in der Zeit, in all dem, was ich zu tun habe, da drehte sich das Blatt sanft in der Luft und wendete sich. Armer Johnny, so fern der Wirklichkeit. (So ist es, so ist es. Es fällt mir leichter anzunehmen, daß es so ist, jetzt da ich in einem Café sitze, zwei Stunden nach meinem Besuch im Krankenhaus; bei all dem, was ich weiter oben schrieb, habe ich mich wie ein Delinquent gezwungen, wenigstens ein bißchen anständig mir selbst gegenüber zu sein.)

Zum Glück konnte die Sache mit dem Brand geregelt werden, denn wie zu vermuten war, hat die Marquise das ihre dazu beigetragen, die Geschichte aus der Welt zu schaffen. Dédée und Art Boucaya holten mich in der Redaktion ab und wir gingen alle drei zu *Vix*, um die schon berühmte – obgleich noch geheime – Aufnahme von *Amorous* zu hören. Im Taxi erzählte mir Dédée etwas widerwillig, wie die Marquise Johnny aus der üblen Sache mit dem Brand herausgeholfen hatte; der sei im übrigen so schlimm nicht gewesen, nur eine angesengte Matratze, und die Algerier, die in dem Hotel in der Rue Lagrange wohnten, hätten einen fürchterlichen Schreck gekriegt. Eine Geldstrafe (schon bezahlt), ein anderes Hotel (das Tica schon besorgt hatte), und Johnny liegt jetzt als Rekonvaleszent in einem großen und schönen Bett, trinkt eimerweise Milch, blättert in *Paris Match* und im *New Yorker* und liest immer wieder in seinem berühmten (und zerfledderten) Taschenbüchlein mit Gedichten von Dylan Thomas, das voller Bleistiftanmerkungen ist.

Mit diesen Neuigkeiten sowie mit einem Cognac, den wir im Café an der Ecke getrunken hatten, begaben wir uns in den Vorführraum, um *Amorous* und *Streptomicyne* zu hören. Art bat darum, die Lichter auszumachen, und legte sich auf den Boden, um besser hören zu können. Und dann trat Johnny ein und fegte uns mit seiner Musik übers Gesicht, kam herein, obgleich er in seinem Hotel war und das Bett hütete, und riß uns eine Viertelstunde lang mit sich fort. Ich verstehe, daß ihn der Gedanke, *Amorous* könnte vor die Öffentlichkeit gebracht werden, in Harnisch bringt, denn jeder merkt die Fehler, das deutlich hörbare Blasen am Ende einiger Phrasen, und vor allem diesen wilden Sturz am Schluß, diesen dumpfen, kurzen Ton, der mir vorkam wie ein brechendes Herz, wie ein Messer, das in ein Brot eindringt (er sprach vor einigen Tagen von dem Brot). Dagegen würde Johnny entgehen, was wir schrecklich schön finden, die Beklemmung, der Stau, der in dieser Improvisation einen Ausweg sucht, voller Ausbrüche in alle Richtungen, voller Fragen, voller verzweifelter Gestik. Johnny kann nicht verstehen (denn das, was er für mißlungen hält, scheint uns ein Weg zu sein, wenigstens die Andeutung eines Weges), daß *Amorous* einer der größten Augenblicke in der Geschichte des Jazz bleiben wird. Der Künstler in ihm wird jedesmal vor Wut rasen, wenn er diese für ihn unvollkommene und lächerliche Nachahmung seines Verlangens hört, alles dessen, was er hatte ausdrücken wollen, während er kämpfte, hin und her schwankte und ihm zusammen mit der Musik der Speichel aus dem Munde troff, mehr denn je allein gegenüber dem, was er verfolgt, und das vor ihm flieht, je mehr er es verfolgt. Es ist seltsam, obgleich bereits alles auf *Amorous* hinzielte, war es absolut nötig gewesen, dies hier zu hören, um mir darüber klar zu werden, daß Johnny kein Opfer ist, kein Verfolgter, wie alle Welt glaubt, und wie ich selbst es in meiner Biographie habe durchblicken lassen (übrigens ist die englische Ausgabe gerade erschienen und verkauft sich wie Coca-Cola). Jetzt weiß ich, daß es nicht so ist, daß Johnny der Verfolger und nicht der Verfolgte ist, daß all das, was ihm im Leben zustößt, die Mißgeschicke eines Jägers sind und nicht die eines gehetzten Tiers. Niemand kann wissen, was das ist, was Johnny verfolgt, aber daß er etwas verfolgt, ist offensichtlich, in *Amorous*, im Marihuana, in seinen absurden Reden über so viele Dinge, in den Rückfällen, in dem Büchlein von Dylan Thomas, in all dem Verteufelten, das Johnny ist und das ihn größer macht, ein absurdes Geschöpf aus ihm macht, einen Jäger ohne Arme und Beine, einen Hasen, der hinter einem schlafenden Tiger her ist. Und ich fühle mich genötigt zu sagen, daß *Amorous* mir im Grunde Brechreiz verursachte, als ob das mich von Johnny befreien könnte, von all dem in ihm, was mir und allen wider den Strich geht, von dieser unförmigen schwarzen Masse ohne Hände

und Füße, diesem verrückt gewordenen Schimpansen, der mir mit den Fingern übers Gesicht fährt und gerührt lächelt.
Art und Dédée sehen in *Amorous* nichts anderes (ich glaube, sie wollen nichts anderes sehen) als formale Schönheit. Dédée gefällt *Streptomicyne* sogar besser, wo Johnny mit der bei ihm gewohnten Leichtigkeit improvisiert, die das Publikum für Perfektion hält, während ich glaube, daß sie bei Johnny eher Zerstreuung ist: die Musik laufen lassen, woanders sein. Wieder auf der Straße, fragte ich Dédée, was für Pläne sie hätten, und sie sagte mir, daß, sobald Johnny das Hotel verlassen könne (die Polizei hindert ihn im Augenblick daran), eine neue Schallplattenfirma bereit sei, alles aufzunehmen, was er wolle, und ihn auch gut bezahlen werde. Art ist der Meinung, daß Johnny voller großartiger Ideen steckt und daß er und Marcel Gavoty die neuen Sachen zusammen mit Johnny »arbeiten« werden, obgleich nach den letzten Wochen klar ist, daß Art dem Frieden nicht recht traut, und ich meinerseits weiß, daß er mit einem Agenten in Verhandlungen steht und so bald wie möglich nach New York zurückkehren möchte. Wofür ich volles Verständnis habe, der arme Junge.
»Tica ist sehr anständig gewesen«, sagte Dédée grollend. »Aber für sie ist das auch leicht. Sie kommt immer im letzten Augenblick und braucht nur den Beutel zu öffnen, und schon ist alles wieder in Ordnung. Ich dagegen ...«

Art und ich sehen uns an. Was konnten wir ihr schon sagen? Die Frauen verbringen ihr Leben damit, um Johnny und Männer wie Johnny herumzutanzen. Das wundert mich nicht, man muß keine Frau sein, um sich von Johnny angezogen zu fühlen. Schwierig ist nur, bei seiner Anziehungskraft nicht die Distanz zu verlieren, so wie ein guter Satellit, ein guter Kritiker. Art war damals nicht in Baltimore, aber ich erinnere mich an die Zeit, als ich Johnny kennenlernte, als er noch mit Lan und den Kindern zusammenlebte. Es jammerte einen, Lan zu sehen. Aber hatte man mit Johnny eine Weile zu tun gehabt und ihn nach und nach akzeptiert, das Reich seiner Musik, seine täglichen Schrecken, seine unbegreiflichen Äußerungen über Dinge, die nie geschehen waren, seine plötzlichen Anwandlungen von Zärtlichkeit, dann begriff man, warum Lan dieses Gesicht hatte und daß sie gar kein anderes Gesicht haben konnte, wo sie mit Johnny zusammenlebte. Mit Tica ist es anders, durch ihre Promiskuität, durch ihren Lebensstil hält sie ihn sich vom Leibe, und außerdem hat sie den Dollar fest im Griff, und das ist wirksamer als ein Maschinengewehr, wenigstens sagt das Art, wenn er sich über Tica ärgert oder wenn ihm etwas Kopfschmerzen bereitet.

»Kommen Sie so bald wie möglich«, bat Dédée mich. »Er unterhält sich so gern mit Ihnen.«

Am liebsten hätte ich ihr wegen des Brandes Vorhaltungen gemacht (wegen der Ursache des Brandes, an der sie sicher mitschuldig war), doch das wäre so unnütz wie Johnny zu sagen, er solle sich in einen braven Bürger verwandeln. Im Augenblick geht alles gut, und es ist seltsam (ist beunruhigend), daß ich, sowie mit Johnny alles gut geht, überaus froh bin. Ich bin nicht so naiv, anzunehmen, das sei eben eine freundschaftliche Reaktion. Es ist eher wie ein Aufschub, ein Aufatmen. Ich brauche nicht nach Erklärungen dafür zu suchen, denn ich fühle das so deutlich wie meine Nase im Gesicht. Es ärgert mich, daß ich der einzige bin, der das fühlt, der die ganze Zeit darunter leidet. Es ärgert mich, daß Art Boucaya, Tica oder Dédée sich nicht darüber im klaren sind, daß jedesmal, wenn Johnny leidet, ins Gefängnis kommt, sich umbringen will, eine Matratze anzündet oder nackt durch die Korridore eines Hotels läuft, er für die anderen bezahlt, für die anderen stirbt. Und ohne es zu wissen, nicht wie diejenigen, die auf dem Schafott große Reden halten oder Bücher schreiben, um das Leid der Menschheit zu beklagen, oder Klavier spielen und dabei ein Gesicht machen, als wüschen sie die Welt von ihren Sünden rein. Ohne es zu wissen, armer Saxophonist, mit all dem, was in diesem Wort an Lächerlichem ist, an Kläglichem, einer von so vielen armen Saxophonisten.

Das Dumme ist, daß ich, wenn ich so weiterschreibe, am Ende mehr über mich selbst schreibe als über Johnny. Ich komme mir schon vor wie ein Evangelist, und das gefällt mir gar nicht. Auf dem Heimweg habe ich mit dem nötigen Zynismus, um mein Selbstbewußtsein wiederzugewinnen, daran gedacht, daß ich in meinem Buch über Johnny die pathologische Seite seiner Person diskreterweise nur nebenbei erwähnt habe. Ich hielt es nicht für notwendig, den Lesern zu erklären, daß Johnny glaubt, auf Feldern voller Urnen spazierenzugehen, oder daß die Bilder sich bewegen, wenn er sie anschaut; letztendlich nichts weiter als Phantasmen des Marihuanas, die mit der Entziehungskur verschwinden. Aber man möchte meinen, daß Johnny mir diese Phantasmen zum Unterpfand gibt, daß er sie mir, wie so viele andere Taschentücher, in die Tasche steckt, bis die Zeit kommt, sie zurückzufordern. Ich glaube, daß ich der einzige bin, der diese Phantasmen erträgt, mit ihnen lebt und sie fürchtet; und niemand weiß das, nicht einmal Johnny. Man kann Johnny so etwas nicht gestehen, wie man das einem wirklich großen Mann gestehen würde, dem Meister, vor dem wir von unserem Stolz absehen, um einen Rat zu bekommen. Was ist das für eine Welt, an der ich so schwer tragen muß? Was für eine Art Evangelist bin ich denn? In Johnny gibt es keine Spur von Größe, ich weiß das, seit ich ihn kenne, seit ich ihn zu bewundern begann. Dieser Mangel an Größe überrascht mich schon lange nicht mehr, obgleich er mich am Anfang verblüffte, vielleicht weil Größe eine Dimension ist, die man nicht bereit ist, dem erstbesten zuzugestehen, und vor allem nicht den Jazzern. Ich weiß nicht, warum (ich *weiß* nicht, warum) ich einen Augenblick lang geglaubt habe, daß Johnny Größe besitze, die er tagtäglich leugnet (oder die wir leugnen, und das ist nicht dasselbe; denn, seien wir ehrlich, Johnny ist gleichsam nur das Phantom eines anderen Johnny, der er hätte sein können, und dieser andere Johnny ist voller Größe; dem Phantom sieht man das Fehlen dieser Dimension geradezu an, die es gleichwohl in negativer Weise beschwört und besitzt).

Ich sage das, weil die Versuche, die Johnny unternommen hat, sein Leben zu ändern, von seinem mißlungenen Selbstmord bis zum Marihuana, Dinge sind, die von jemandem, der wie er ohne jede Größe ist, zu erwarten waren. Ich glaube, daß ich ihn deswegen noch mehr bewundere, denn er ist wirklich der Schimpanse, der lesen lernen will, ein armer Kerl, der mit dem Kopf gegen die Wand rennt und sich dessen nicht bewußt ist, es immer wieder tut.

Aber wenn der Schimpanse eines Tages zu lesen anfinge, was für ein Massenbankrott, was für ein Chaos, was für ein Rette-sich-wer-kann, und ich als erster. Es ist furchtbar, daß ein Mann ohne irgendwelche Größe so mit dem Kopf durch die Wand will. Mit dem Anprall seiner Knochen klagt er uns alle an, mit der ersten Phrase seiner Musik zerfetzt er uns. (Die Märtyrer, die Helden, einverstanden: bei denen geht man sicher. Aber bei Johnny?)

Sequenzen. Ich kann es nicht besser ausdrücken, es ist wie eine Erkenntnis, daß sich im Leben eines Menschen plötzlich schreckliche oder idiotische Sequenzen ergeben, ohne daß man weiß, welches Gesetz außerhalb der klassifizierten Gesetze will, daß unmittelbar nach einem bestimmten Telefonanruf unsere Schwester, die in der Auvergne lebt, vor der Tür steht oder die Milch überläuft oder wir vom Balkon aus sehen, wie ein Junge von einem Auto überfahren wird. Wie bei den Fußballmannschaften und bei den Vorstandssitzungen scheint das Schicksal immer einige Ersatzmänner oder Stellvertreter zu bestellen für den Fall, daß Leute der ersten Garnitur versagen. Und da bekomme ich heute morgen, als meine Zufriedenheit noch anhielt, weil ich wußte, daß sich Johnny Carter besser fühlte und guter Dinge war, in der Redaktion einen dringenden Anruf, und wer mich anruft, ist Tica, und was sie mir mitzuteilen hat, ist, daß in Chicago soeben Bee, die jüngste Tochter von Lan und Johnny, gestorben ist und daß Johnny völlig verzweifelt ist und es gut wäre, wenn ich käme, um den Freunden zur Seite zu stehen.
Wieder ging ich eine Hoteltreppe hinauf – so viele schon während meiner Freundschaft mit Johnny – und fand Tica vor, die Tee trank, und Dédée, die ein Handtuch anfeuchtete, und Art, Delaunay und Pepe Ramírez, die sich leise über die letzten Neuigkeiten von Lester Young unterhielten, sowie Johnny, der ganz still im Bett lag, ein Handtuch auf der Stirn, mit

einem völlig ruhigen, fast verächtlichen Gesichtsausdruck. Sofort habe ich das der Situation entsprechende Gesicht aufgesetzt und mich darauf beschränkt, Johnny die Hand zu drücken, eine Zigarette anzuzünden und zu warten.

»Bruno, es tut mir hier weh«, sagte Johnny nach einer Weile und faßte sich dort hin, wo für gewöhnlich das Herz sitzt. »Bruno, sie war wie ein blanker Kiesel in meiner Hand. Und ich bin nichts weiter als ein elender Klepper, und niemand, niemand wird die Tränen trocknen.«

All dies sagte er feierlich, fast deklamierend, und Tica sah Art an, und den Augenblick nutzend, da Johnny sein Gesicht mit dem feuchten Handtuch bedeckt hatte und uns nicht sehen konnte, machten sie sich gegenseitig Zeichen, nachsichtig mit ihm zu sein. Mir persönlich sind billige Redensarten zuwider, und all das, was Johnny sagte, abgesehen davon, daß ich es schon irgendwo gelesen zu haben glaubte, klang für mich so, als beginne eine Maske zu sprechen, so hohl, so unnütz. Dédée kam mit einem neuen Handtuch und wechselte die Kompresse, und während sie das tat, konnte ich kurz Johnnys Gesicht sehen, es war aschfahl, der Mund verzogen und die Augen so zugekniffen, daß die Lider sich fältelten. Und wie immer bei Johnny kam alles anders als erwartet, und Pepe Ramírez, der ihn kaum kennt, ist immer noch überrascht und, ich glaube, auch empört, denn nach einer Weile setzte Johnny sich im Bett auf und fing langsam an zu schimpfen; jedes Wort kauend, um es dann wie einen Kreisel herauszuschleudern, fing er an, die für die Schallplattenaufnahme von *Amorous* Verantwortlichen zu beschimpfen, ohne jemanden anzusehen, doch uns alle wie Insekten aufspießend, mit nichts als der unglaublichen Obszönität seiner Worte, und so hat er zwei Minuten lang alle beschimpft, die bei *Amorous* dabei waren, angefangen mit Art und Delaunay, bis zu mir (obgleich ich doch gar nicht ...) und aufhörend mit Dédée, Christus, dem Allmächtigen und der Hure, die uns alle geboren hat. Und im Grunde war dies, dies und das mit dem blanken Kiesel, die Totenrede für Bee, die in Chicago an Lungenentzündung gestorben war.

Vierzehn Tage werden vergehen, völlig leer; eine Menge Arbeit, Artikel für die Zeitung, Besuche hier, Besuche da – ein schönes Resumée des Lebens eines Kritikers, dieses Menschen, der nur aus zweiter Hand lebt, von den Neuigkeiten und Entschlüssen anderer. Da ich gerade davon spreche, eines Abends werden Tica, Baby Lennox und ich im Café Flore sitzen, zufrieden *Out of nowhere* vor uns hin trällern und ein Klaviersolo von Billy Taylor kommentieren, das wir drei für sehr gut halten, besonders Baby Lennox, die sich jetzt nach der Mode von Saint-Germain-des-Prés kleidet, was ihr wirklich sehr gut steht. Baby wird mit der Verzückung ihrer zwanzig

Jahre sehen, wie Johnny auftaucht, und Johnny wird sie ansehen, ohne sie zu erkennen, wird vorbeigehen und sich allein an einen anderen Tisch setzen, völlig betrunken oder benebelt. Ich werde Ticas Hand auf meinem Knie fühlen.

»Da siehst du's, er hat gestern abend wieder gekifft. Oder heute nachmittag. Oh, diese Frau ...«

Ich werde ihr ungehalten antworten, daß Dédée gerade soviel Schuld trifft wie jede andere, angefangen mit ihr selbst, die dutzende Male mit Johnny gekifft hat und es wieder tun wird, wenn ihr gerade danach zumute ist. Ich werde das Verlangen haben, zu gehen und allein zu sein, wie immer, wenn es unmöglich ist, sich Johnny zu nähern, mit ihm zusammen und auf seiner Seite zu sein. Ich werde sehen, wie er mit dem Finger etwas auf den Tisch malt, wie er lange den Kellner anblickt, der ihn fragt, was er trinken möchte, bis Johnny schließlich so etwas wie einen Pfeil in die Luft malen und ihn mit beiden Händen halten wird, als wäre er unendlich schwer, und an den anderen Tischen werden die Leute anfangen, sich zu amüsieren, sehr diskret natürlich, wie sich das im Flore ziemt. Dann wird Tica »Scheiße« sagen und sich zu Johnny an den Tisch setzen, und nachdem sie beim Kellner etwas bestellt hat, wird sie anfangen, leise mit Johnny zu reden. Ich brauche nicht zu sagen, daß Baby mir sogleich ihren sehnlichsten Wunsch anvertrauen wird, doch ich werde ihr obenhin sagen, daß man

Johnny heute abend in Ruhe lassen muß und daß brave Mädchen früh zu Bett gehen, wenn möglich zusammen mit einem Jazzkritiker. Baby wird freundlich lachen, sie wird mir das Haar streicheln und dann werden wir still sein und das Mädchen vorbeikommen sehen, das sich das Gesicht weiß und die Augen und selbst den Mund grün geschminkt hat. Baby wird sagen, daß sie das gar nicht so schlecht finde, und ich werde sie bitten, mir ganz leise einen von den Blues vorzusingen, mit denen sie in London und Stockholm soviel Erfolg hat. Und dann werden wir wieder über *Out of nowhere* sprechen, das uns heute abend verfolgt wie ein weiß angemalter Hund mit grünen Augen.

Zwei der Jungs von Johnnys neuem Quintett werden vorbeikommen, und ich werde die Gelegenheit benutzen, sie zu fragen, wie es heute abend gegangen sei; ich werde so erfahren, daß Johnny kaum hat spielen können, doch daß das, was er gespielt hat, mehr wert war als alle Einfälle von John Lewis zusammengenommen, vorausgesetzt, daß der überhaupt noch Einfälle hat, denn wie einer der beiden sagte, ist das einzige, was er immer parat hat, ein paar Töne, um ein Loch zu stopfen, und das ist nicht dasselbe. Und ich werde mich unterdessen fragen, wie lange Johnny noch durchhalten wird, und vor allem das Publikum, das an Johnny glaubt. Die Jungs werden die Einladung zu einem Bier nicht annehmen, Baby und ich werden wieder allein sein, und ich werde schließlich

auf ihre Fragen eingehen und Baby, die ihren Spitznamen wirklich verdient, erklären, warum Johnny krank und am Ende ist, warum die Jungs vom Quintett es jeden Tag mehr leid sind, warum die Sache eines Tages platzen wird, wie das schon ein halbdutzendmal in San Francisco, in Baltimore und in New York passiert ist.
Andere Musiker, die hier im Viertel spielen, werden hereinkommen, und einige werden zu Johnny an den Tisch gehen und ihn begrüßen, doch er wird sie ansehen wie von weitem, mit einem schrecklich idiotischen Gesicht, die Augen feucht und sanft, der Mund unfähig, den Speichel zurückzuhalten, der ihm auf den Lippen glänzt. Es wird amüsant sein, die doppelte Taktik von Tica und Baby zu beobachten, wie Tica sich ihrer Macht über die Männer bedient, um sie mit einer knappen Erklärung und einem Lächeln von Johnny fernzuhalten, und wie Baby mir ihre Bewunderung für Johnny ins Ohr flötet und wie gut es doch wäre, ihn in ein Sanatorium zu bringen, damit er eine Entziehungskur mache, und all das nur, weil sie heiß ist und noch heute nacht mit Johnny ins Bett gehen möchte, was jedoch, wie jeder sieht, unmöglich ist und worüber ich ziemlich froh bin. Wie so oft, seitdem ich sie kenne, werde ich denken, wie schön es wäre, ihr die Schenkel zu streicheln, und ich werde nahe daran sein, ihr vorzuschlagen, von hier wegzugehen und woanders ein Glas zu trinken, wo es ruhiger ist (doch sie wird nicht wollen, und ich

im Grunde auch nicht, weil uns der Tisch dort drüben nicht losläßt und bedrückt), bis wir plötzlich, ohne im geringsten zu ahnen, was geschehen wird, sehen werden, wie Johnny langsam aufsteht, uns ansieht und erkennt, auf uns zukommt – sagen wir auf mich, denn Baby zählt nicht – und wie er vor unserem Tisch steht, sich etwas vorbeugt, so wie jemand, der sich eine Pomme frite vom Teller nehmen will, und wir sehen, wie er vor mir niederkniet, ganz einfach niederkniet und mir in die Augen blickt, und ich sehe, daß er weint, und ohne Worte weiß ich, daß Johnny um die kleine Bee weint.
Meine Reaktion ist ganz natürlich, ich wollte Johnny aufhelfen, wollte vermeiden, daß er sich lächerlich machte, doch derjenige, der sich am Ende lächerlich machte, war ich, denn es gibt nichts Kläglicheres als ein Mann, der sich bemüht, einem anderen Mann aufzuhelfen, der sich da, wo er ist, sehr wohl fühlt, der sich in der knienden Haltung, die er einzunehmen beliebte, ausgezeichnet fühlt, weshalb die Stammgäste des Flore, die sich wegen solch kleiner Vorfälle nicht aufregen, mich nicht gerade freundlich ansahen; obgleich die meisten nicht wußten, daß dieser kniende Schwarze Johnny Carter war, sahen sie mich an wie jemanden, der auf einen Altar klettert und an Christus zerrt, um ihn vom Kreuz herunterzuholen. Der erste, der mir das vorwarf, war Johnny selbst, allein dadurch, daß er die Augen hob und mich still weinend ansah, und deshalb und wegen

der mißbilligenden Blicke der Stammgäste blieb mir nichts anderes übrig, als mich wieder hinzusetzen, Johnny gegenüber, wobei ich mich elender fühlte als er und wünschte, ich wäre sonstwo, nur nicht auf diesem Stuhl vor dem knienden Johnny.
Das weitere war nicht so schlimm, obgleich ich nicht weiß, wie viele Ewigkeiten vergingen, ohne daß sich jemand rührte, ohne daß die Tränen aufhörten, Johnny übers Gesicht zu fließen, ohne daß seine Augen ständig auf die meinen gerichtet waren, während ich versuchte, ihm eine Zigarette anzubieten, mir selbst eine anzündete und Baby verständnisvoll zunickte, die, wie mir schien, nahe daran war, wegzulaufen oder auch anzufangen zu weinen. Wie immer war es Tica, die der Sache ein Ende machte, indem sie sich ganz ruhig an unseren Tisch setzte, einen Stuhl neben Johnny schob und ihm die Hand auf die Schulter legte, ohne ihn zu drängen, bis Johnny sich schließlich etwas aufrichtete und diese abscheuliche Haltung mit der geziemenden Sitzhaltung vertauschte, indem er die Knie um einige Zentimeter anhob und es geschehen ließ, daß zwischen seinem Gesäß und dem Boden (ich hätte fast gesagt, und dem Kreuz, das ist wirklich ansteckend) die überaus willkommene Bequemlichkeit eines Stuhls vermittelte. Die Leute wurden es müde, Johnny anzusehen, er, zu weinen, und wir, uns so elend zu fühlen. Plötzlich wurde mir klar, warum manche Maler die Stühle so lieben, jeder einzelne Stuhl im Flore war für

mich auf einmal ein wunderbarer Gegenstand, eine Blume, ein Duft, und das perfekte Beweismittel für die Ordentlichkeit und Ehrbarkeit der Menschen in ihrer Stadt.
Johnny zog ein Taschentuch aus der Tasche und entschuldigte sich, ohne viele Worte zu machen, und Tica ließ einen doppelten Kaffee für ihn kommen. Baby hat sich wunderbar benommen; auf all ihre Albernheiten, wenn es um Johnny ging, auf einmal verzichtend, fing sie an, *Mamie's blues* vor sich hin zu summen, ohne den Eindruck zu erwecken, daß sie das mit Absicht tat, und Johnny hat sie angesehen und hat gelächelt, und ich glaube, Tica und ich dachten in dem Augenblick, daß das Bild von Bee in der Tiefe von Johnnys Augen langsam verschwand und daß Johnny einmal mehr einwilligte, für eine Weile wieder auf unsere Seite zu kommen, uns bis zur nächsten Flucht Gesellschaft zu leisten. Wie das immer so ist, kaum war der Augenblick, da ich mich hundeelend fühlte, vorüber, erlaubte mir meine Überlegenheit, Johnny gegenüber nachsichtig zu sein, über alles ein wenig zu plaudern, ohne allzu persönliche Bereiche zu berühren (es wäre unerträglich gewesen, wäre Johnny wieder vom Stuhl geglitten, hätte er wieder ...), und zum Glück benahmen sich Tica und Baby wie Engel, und die Leute im Flore hatten im Laufe einer Stunde gewechselt, so daß die Stammgäste von ein Uhr nachts nicht einmal ahnten, was geschehen war, obgleich eigentlich nichts Beson-

deres geschehen war, wenn ich's recht bedenke. Baby ist als erste gegangen (ein fleißiges Mädchen, diese Baby, schon um neun wird sie mit Fred Calender üben, um am Nachmittag Schallplattenaufnahmen zu machen) und Tica hat ihr drittes Glas Cognac getrunken und sich erboten, uns nach Hause zu fahren. Das hat Johnny abgelehnt, er wollte sich lieber noch etwas mit mir unterhalten, und Tica fand das in Ordnung und ist gegangen, nicht ohne vorher alle unsere Runden zu bezahlen, wie es sich für eine Marquise geziemt. Johnny und ich tranken noch ein Gläschen Chartreuse, denn schließlich sind solche Schwächen unter Freunden erlaubt, und dann begannen wir durch Saint-Germain-des-Prés zu wandern, da Johnny darauf bestand, daß es ihm guttue, zu laufen, und ich gehöre nicht zu denen, die Freunde in solchen Umständen allein lassen.

Wir gehen die Rue de l'Abbaye hinunter bis zur Place Fürstenberg, die Johnny gefährlich an ein Puppentheater erinnert, das ihm, wie er sagte, sein Patenonkel zum achten Geburtstag geschenkt hatte. Ich versuche, ihn mit mir forzuziehen zur Rue Jacob, aus Angst, die Erinnerungen könnten ihm Bee zurückbringen, doch Johnny scheint das Kapitel für heute nacht abgeschlossen zu haben. Er geht ruhig, ohne zu schwanken (andere Male habe ich erlebt, daß er auf der Straße wankte, und nicht, weil er betrunken war; etwas in seinen Reflexen funktionierte nicht), und die Wärme der Nacht und die Stille der Straßen tun uns beiden gut. Wir rauchen Gauloises und schlendern zur Seine hinunter, und vor einer der Blechkisten der Bouquinisten des Quai de Conti bringt uns irgendeine Erinnerung oder ein Student, der da vor sich herträllerte, ein Thema von Vivaldi auf die Lippen, und wir beide fangen an, es mit viel Gefühl und Begeisterung zu singen, und Johnny sagt, wenn er sein Saxo dabei hätte, würde er die ganze Nacht Vivaldi spielen, was ich übertrieben finde.

»Nun, ich würde auch ein wenig Bach und Charles Ives spielen«, sagt Johnny bereitwillig. »Ich weiß nicht, warum sich die Franzosen nicht für Charles Ives interessieren. Kennst du seine Lieder? Das vom Leoparden? Das vom Leoparden müßtest du kennen. *A Leopard* ...«

Und mit seiner schwachen Tenorstimme legt er los mit dem Leoparden, und ich brauche nicht zu sagen, daß viele Partien, die er singt, absolut nichts mit Ives zu tun haben, was Johnny aber nicht weiter stört, zumal er sicher ist, daß das, was er singt, gut ist. Schließlich setzen wir uns gegenüber der Rue Gît-le-Cœur auf die Quaimauer und rauchen noch eine Zigarette, denn die Nacht ist wunderschön, und bald wird der Tabak uns zwingen, in einem Café ein Bier zu trinken, und Johnny und ich freuen uns schon darauf. Ich höre ihm kaum zu, als er zum ersten Mal mein Buch erwähnt, denn gleich spricht er wieder von Charles Ives und wie sehr es ihn amüsiert habe, bei seinen Platten häufig Themen von Ives zu zitieren, ohne daß es jemand bemerkte (nicht einmal Ives selbst, nehme ich an), doch nach einer Weile muß ich an das Buch denken, und ich versuche, ihn auf das Thema zurückzubringen.

»Oh, ich habe ein paar Seiten gelesen«, sagt Johnny. »Bei Tica spricht man viel über dein Buch, doch ich hab nicht mal den Titel verstanden. Gestern hat Art mir die englische Ausgabe gebracht, und da hab ich dann einiges kapiert. Es ist sehr gut, dein Buch.«

Ich gebe mich so, wie man sich in solchen Fällen zu geben pflegt, und mische einem Ausdruck mürrischer Bescheidenheit eine gewisse Dosis Interesse bei, so als würde seine Meinung mir – dem Autor – die Wahrheit über mein Buch enthüllen.

»Es ist wie ein Spiegel«, sagt Johnny. »Am Anfang dachte ich, wenn man liest, was jemand über einen schreibt, müsse das ungefähr so sein, wie sich selbst sehen und nicht im Spiegel. Ich bewundere die Schriftsteller sehr, die sagen ganz unglaubliche Dinge. Dieser ganze Teil über die Anfänge des *bebop* ...«

»Nun, ich habe nichts weiter getan, als wörtlich zu zitieren, was du mir in Baltimore erzählt hast«, sage ich, mich verteidigend, ohne zu wissen gegen was.

»Ja, das stimmt schon, aber im Grunde ist es wie in einem Spiegel«, sagt Johnny eigensinnig.

»Was willst du mehr? Spiegel sind treu.«

»Da fehlt einiges, Bruno«, sagt Johnny. »Du weißt

viel besser Bescheid als ich, doch mir scheint, daß da einiges fehlt.«

»Das, was du vielleicht vergessen hast, mir zu erzählen«, antworte ich ziemlich pikiert. Dieser wilde Affe ist fähig ... (Ich werde mit Delaunay sprechen müssen, es wäre ein Jammer, wenn eine unbesonnene Äußerung meine ganze kritische Bemühung zunichte machte ... *Zum Beispiel das rote Kleid von Lan*, sagt Johnny gerade. Und auf jeden Fall die Neuigkeiten von heute nacht verwenden, sie in eine Neuauflage aufnehmen; das wäre nicht schlecht. *Sie hatte so einen Hundegeruch*, sagt Johnny gerade, *und das ist das einzige, was von dieser Platte taugt*. Ja, aufmerksam zuhören und schnell handeln, denn in den Händen anderer Leute könnten solche Widerlegungen Unannehmlichkeiten nach sich ziehen. *Und die Urne in der Mitte, die größte, voller bläulichem Staub*, sagt Johnny gerade, *und ganz ähnlich einer Puderdose, die meine Schwester hatte*. Solange es nur Halluzinationen sind ... Das Schlimmste wäre, wenn er die Grundkonzeption in Frage stellte, das ästhetische System, das mir soviel Lob ... *Und außerdem ist der* cool *nicht gerade das, was du geschrieben hast*, sagt Johnny gerade. Vorsicht!)

»Wieso ist er nicht das, was ich geschrieben habe? Ich verstehe ja, Johnny, daß die Dinge sich ändern, doch es ist noch keine sechs Monate her, daß du ...«

»Es ist sechs Monate her«, sagt Johnny, läßt sich von der Brüstung herunter und stützt sich mit den Ellbogen darauf, um auszuruhen, den Kopf zwischen den Händen. »*Six months ago*. Ah, Bruno, das könnte ich jetzt sofort spielen, wenn ich die Jungs hier hätte ... Übrigens sehr witzig, was du über Sax und Sex geschrieben hast, sehr hübsch, das Wortspiel. *Six months ago. Six, sax, sex*. Einfach großartig, Bruno. Du bist ein Teufelskerl.«

Ich will ihm nicht sagen, daß seine geistigen Fähigkeiten es ihm verwehren zu verstehen, daß sich hinter diesem unschuldigen Wortspiel ein ziemlich tiefgründiges Gedankensystem verbirgt (Leonard Feather, dem ich es in New York darlegte, fand es überaus exakt) und daß sich die Paraerotik des Jazz seit den Zeiten des *washboard* gewandelt hat, usw. Es ist immer dasselbe, auf einmal freut es mich, mir sagen zu können, daß die Kritiker viel notwendiger sind, als ich das selbst zuzugeben bereit bin (privatim, in dem, was ich schreibe), denn die Künstler, angefangen vom Erfinder der Musik, durch die ganze verdammte Geschichte hindurch bis zu Johnny, sind unfähig, aus ihrem Werk die dialektischen Konsequenzen zu ziehen und die Grundlagen und die Transzendenz dessen zu postulieren, was sie gerade schreiben oder improvisieren. Das sollte ich mir in den Augenblicken der Niedergeschlagenheit, wenn es mich schmerzt, nichts weiter als ein Kritiker zu sein, vor Augen halten. *Der Name des Sterns ist Wermut*, sagt Johnny gerade, und plötzlich höre ich seine andere Stimme, die Stimme, die er hat, wenn er ...

wie es sagen, wie Johnny beschreiben, wenn er auf seiner Seite ist, schon wieder allein, weit weg? Beunruhigt, gleite ich von der Brüstung, betrachte ihn aus der Nähe. Und der Name des Sterns ist Wermut, da ist nichts zu machen.

»Der Name des Sterns ist Wermut«, sagt Johnny und spricht zu seinen Händen. »Und ihre Körper werden auf die Plätze der großen Stadt geworfen werden. Es ist sechs Monate her.«

Obgleich niemand mich sieht, obgleich niemand es erfährt, zucke ich für die Sterne die Achseln (der Name des Sterns ist Wermut). Es ist die alte Geschichte: »Das bin ich morgen am Spielen«. Der Name des Sterns ist Wermut und ihre Körper werden vor sechs Monaten geworfen werden. Auf die Plätze der großen Stadt, weit weg. Ich bin gereizt aus dem einfachen Grund, weil er mir über das Buch nichts weiter hat sagen wollen. Tatsächlich habe ich nicht aus ihm herauskriegen können, was er über das Buch denkt, das viele Tausende von *fans* jetzt in zwei Sprachen lesen (bald in drei, und schon spricht man von einer spanischen Ausgabe; in Buenos Aires scheint man nicht nur Tangos zu spielen).

»Es war ein hübsches Kleid«, sagt Johnny. »Möchtest du nicht wissen, wie gut es Lan stand? Aber es wird besser sein, wenn ich dir das bei einem Whisky erkläre, das heißt, wenn du Geld hast. Dédée hat mir gerade nur dreihundert Francs gelassen.«

Er lacht höhnisch und blickt auf die Seine. Als wenn

er nicht wüßte, sich den Alkohol und das Marihuana zu beschaffen. Er beginnt mir zu erklären, daß Dédée gutherzig sei (und von dem Buch nichts) und daß sie es tue, weil sie es gut mit ihm meine, doch zum Glück ist Freund Bruno da (der ein Buch geschrieben hat, aber nichts darüber), und das beste wird sein, in ein Café im arabischen Viertel zu gehen, wo sie einen in Ruhe lassen, wenn sie sehen, daß man ein wenig dem Stern gehört, der Wermut heißt (das denke ich, als wir durch die Rue Saint-Sévérin in das Viertel gehen, es ist zwei Uhr morgens, die Stunde, zu der meine Frau für gewöhnlich aufwacht und sich all das zurechtlegt, was sie mir beim Milchkaffee erzählen wird). So ist das mit Johnny, so trinken wir einen miserablen billigen Cognac, so verdoppeln wir die Dosis und sind glücklich und zufrieden. Doch von dem Buch nichts, nur von der Puderdose in Form eines Schwans, von dem Stern, Brösel von Dingen in zerbröselnden Sätzen, in zerbröselnden Blicken, in zerbröselndem Lächeln, in Tropfen von Speichel auf dem Tisch und am Rand des Glases (des von Johnny). Ja, es gibt Augenblicke, da ich mir wünschte, er wäre schon tot. Ich glaube, daß viele in meiner Lage dasselbe denken würden. Doch wie sich damit abfinden, daß Johnny stirbt und das, was er mir heute nacht nicht sagen will, mit sich nimmt, daß er im Tod weiter Dingen nachjagen wird, auch dort abwesend (ich weiß wirklich nicht, wie all das schreiben, auch wenn es mir Frieden bringt, mir die Professur einbringt, diese Autorität, die einem die unangefochtenen Thesen und die gut organisierten Begräbnisse verschaffen).

Von Zeit zu Zeit unterbricht Johnny sein Trommeln auf den Tisch, blickt mich an, macht eine unverständliche Geste und trommelt weiter. Der Wirt kennt uns aus der Zeit, als wir mit einem arabischen Gitarristen herkamen. Ben Aifa möchte schon lange schlafen gehen, wir sind die einzigen in dem schmierigen Café, das nach Ají und Schmalzgebackenem riecht. Auch ich bin zum Umfallen müde, doch die Wut hält mich wach, eine dumpfe Wut, die sich nicht gegen Johnny richtet, es ist eher so, wie wenn man einen ganzen Nachmittag lang mit einer Frau geschlafen hat und danach das Bedürfnis hat, sich zu duschen, mit Wasser und Seife wegzuspülen, was anfing fade zu werden und nur zu deutlich zeigte, daß schon am Anfang ... Und Johnny hämmert einen erbarmungslosen Rhythmus auf den Tisch, und ab und zu trällert er vor sich hin, sieht mich kaum an. Es ist gut möglich, daß er auf mein Buch nicht mehr zurückkommt. Er läßt sich von den Dingen vereinnahmen, es zieht in mal hierhin, mal dahin, morgen wird es eine Frau sein, eine andere dumme Geschichte, eine Eskapade. Das klügste wäre, ihm die englische Ausgabe heimlich wegnehmen, deswegen mit Dédée sprechen und sie bitten, mir den Gefallen zu tun, habe ich ihr doch auch manchen Gefallen getan. Diese Besorgnis, diese Wut geradezu, ist absurd. Es war nicht zu erwarten gewesen, daß Johnny das Buch begeistert aufnimmt; tatsächlich hatte ich nie daran gedacht, daß er es lesen könnte. Ich weiß sehr wohl, daß das Buch nicht die Wahrheit über Johnny sagt (aber es lügt auch nicht), es beschränkt sich auf Johnnys Musik. Aus Takt, aus Güte, habe ich seine unheilbare Schizophrenie, den miesen Hintergrund der Droge, die Promiskuität dieses erbärmlichen Lebens nicht an den Tag bringen wollen. Ich habe mir zur Aufgabe gemacht, die Grundzüge herauszuarbeiten, und habe den Akzent auf das gelegt, was wirklich zählt, Johnnys unvergleichliche Kunst. Wie konnte ich mehr sagen? Aber vielleicht hat er eben das von mir erwartet, so wie er immer auf der Lauer liegt, auf dem Sprung ist, um einen dieser absurden Saltos zu schlagen, die uns alle in Mitleidenschaft ziehen. Und er erwartet das vielleicht von mir, um alle ästhetischen Grundlagen für falsch zu erklären, auf die ich die letzte *raison* seiner Musik gegründet habe, die große Theorie des zeitgenössischen Jazz, die mir von allen Seiten soviel Lob eingebracht hat.

Und ehrlich gesagt, was geht mich sein Leben an? Das einzige, was mich beunruhigt, ist, daß er sich von dieser Lebensweise, die ich nicht nachvollziehen kann (sagen wir, die ich nicht nachvollziehen will), fortreißen läßt und die Schlußfolgerungen meines Buches am Ende widerlegt, daß er schlicht sagt, meine Behauptungen seien falsch, seine Musik sei etwas anderes.

»Hör mal, vorhin hast du gesagt, daß in dem Buch einiges fehlt.« (Achtung jetzt.)
»Daß einiges fehlt, Bruno? Ah ja, ich hab dir gesagt, daß einiges fehlt. Nun, es ist nicht nur das rote Kleid von Lan. Da sind ... Ob es wirklich Urnen sind, Bruno? Gestern abend habe ich sie wieder gesehen, ein riesiges Feld, aber sie waren nicht mehr so tief vergraben. Auf einigen waren Inschriften und Zeichnungen, Riesen mit Helmen wie im Kino, und in den Händen hatten sie gewaltige Keulen. Es ist schrecklich, zwischen lauter Urnen umherzugehen und zu wissen, daß sonst niemand da ist, daß ich der einzige bin, der dort suchend umhergeht. Mach dir nichts draus, Bruno, es ist nicht schlimm, daß du vergessen hast, dies alles zu schreiben. Aber Bruno« – und er hebt einen Finger, der nicht zittert – »was du vergessen hast, das bin ich.«
»Nicht möglich, Johnny.«
»Mich hast du vergessen, Bruno, mich. Aber es ist nicht deine Schuld, daß du nicht hast schreiben können, was auch ich nicht imstande bin zu spielen. Wenn du etwa sagst, daß meine wahre Biographie meine Schallplatten sind, weiß ich, daß du das wirklich glaubst, und es klingt ja auch gut, aber so ist es nicht. Und wenn ich selbst nicht fähig war, so zu spielen, wie ich sollte, nämlich das zu spielen, was ich wirklich bin ... dann kann man auch von dir keine Wunder verlangen, Bruno. Es ist warm hier drinnen, gehen wir.«

Ich folge ihm auf die Straße, wir schlendern ein wenig umher, bis uns in einer Gasse eine weiße Katze anmaunzt und Johnny sich hinkauert und sie lange streichelt. Gut, genug jetzt; auf der Place Saint-Michel werde ich ein Taxi finden, ihn ins Hotel bringen und dann nach Hause gehen. Letzten Endes war es nicht so schlimm gewesen; einen Augenblick lang fürchtete ich, Johnny hätte eine Art Gegentheorie des Buches entwickelt und er würde probeweise mir damit kommen, bevor er sie überall ausposaunte. Aber Johnny streichelt eine weiße Katze. Im Grunde genommen hat er nur gesagt, daß niemand von niemandem etwas weiß, und das ist nichts Neues. Jeder Biograph weiß das und schreibt trotzdem, Himmel noch mal. Komm jetzt, Johnny, wir gehen nach Hause, es ist spät.
»Glaub nicht, daß es nur das ist«, sagt Johnny, sich plötzlich aufrichtend, als wüßte er, was ich gerade denke. »Da steht was von Gott, mein Lieber. Da bist du wirklich auf dem Holzweg.«
»Komm, Johnny, gehen wir nach Haus, es ist spät.«
»Da steht, was du und alle, die wie Kamerad Bruno sind, Gott nennen. Die Zahnpastatube morgens, das nennen sie Gott. Den Mülleimer, den nennen sie Gott. Die Angst zu krepieren, das nennen sie Gott. Und du hast die Unverschämtheit besessen, mich mit dieser Schweinerei in Verbindung zu bringen, hast geschrieben, daß meine Kindheit und meine Familie

und ich weiß nicht was für Erbanlagen ... Ein Haufen fauler Eier, und du gackernd dazwischen, sehr zufrieden mit deinem Gott. Nein, deinen Gott will ich nicht, der ist nie der meine gewesen.«

»Ich habe lediglich gesagt, daß die Musik der Schwarzen ...«

»Ich will deinen Gott nicht«, wiederholt Johnny. »Warum hast du in deinem Buch geschrieben, ich akzeptiere ihn? Ich weiß nicht einmal, ob es einen Gott gibt, ich brauche deine Erfindungen nicht, überlasse sie Mahalia Jackson und dem Papst, du wirst diese Stelle in deinem Buch sofort streichen.«

»Wenn du darauf bestehst«, sagte ich, um etwas zu sagen. »In der zweiten Auflage.«

»Ich bin so einsam wie diese Katze, und noch viel einsamer, denn ich weiß es und sie nicht. Verdammt, sie krallt sich in meine Hand. Bruno, der Jazz ist nicht nur Musik, ich bin nicht nur Johnny Carter.«

»Genau das ist es, was ich sagen wollte, als ich schrieb, daß du manchmal spielst, als ...«

»Als regne es mir in den Arsch«, sagt Johnny, und es ist das erste Mal heute nacht, daß er wütend wird. »Man kann nichts sagen, ohne daß du das in deine schmutzige Sprache übersetzt. Wenn ich spiele, siehst du Engel, das ist nicht meine Schuld. Wenn die anderen den Mund aufmachen und sagen, daß ich es zur Vollkommenheit gebracht habe, dann ist das nicht meine Schuld. Und das Schlimmste ist, daß du vergessen hast, in deinem Buch zu sagen, daß ich

nichts wert bin, daß das, was ich spiele, und das, was die Leute beklatschen, nichts wert ist, ganz und gar nichts wert ist.«
Eine seltene Bescheidenheit, wirklich, zu dieser nächtlichen Stunde. Dieser Johnny...
»Wie soll ich's dir erklären?« schreit Johnny, packt mich an den Schultern und schüttelt mich (*La paix!* kreischt es aus einem Fenster). »Das ist keine Frage von mehr Musik oder weniger Musik, es ist etwas anderes ... zum Beispiel der Unterschied zwischen Bee, die tot ist, und Bee, die lebt. Was ich spiele, ist Bee, die tot ist, verstehst du, während das, was ich eigentlich will, was ich eigentlich will ... Und deshalb zertrampele ich das Saxo, und die Leute glauben, der Suff habe mich um den Verstand gebracht. Natürlich bin ich besoffen, wenn ich das tue, denn schließlich kostet ein Saxo eine Menge Geld.«
»Gehen wir hier lang. Ich nehme ein Taxi und bringe dich ins Hotel.«
»Du bist von einer unendlichen Güte«, spottet Johnny. »Freund Bruno schreibt in sein Notizbuch alles, was man ihm sagt, nur nicht die wichtigen Dinge. Nie hätte ich geglaubt, daß du dich so irren könntest, bis Art mir das Buch gab. Am Anfang kam es mir so vor, als sprächest du von einem anderen, von Ronnie oder Marcel, aber dann Johnny vorne, Johnny hinten, und das heißt doch wohl, daß es sich um mich handelte, und ich fragte mich, bin ich das denn wirklich? Und immer wieder kommt er mir mit

mir in Baltimore, und mit *Birdland*, und daß mein Stil ... Hör mal«, sagt er fast kühl, »glaub nicht, ich hätte nicht gemerkt, daß du ein Buch für das Publikum geschrieben hast. Es ist sehr gut, und all das, was du über meine Art zu spielen und über meine Auffassung von Jazz sagst, finde ich völlig o.k. Wozu noch länger über das Buch reden? Lauter Dreck in der Seine, dieser Strohhalm, der da nahe am Ufer vorübertreibt, das ist dein Buch. Und ich bin der andere Strohhalm da, und du die Flasche, die dort im Wasser schaukelt. Bruno, ich werde sterben, ohne gefunden zu haben, was ... ohne ...«

Ich stütze ihn, lehne ihn an die Quaimauer. Er ist dabei, wieder in sein Delirium zu versinken, murmelt Wortfetzen, spuckt aus.

»Ohne gefunden zu haben, was ...«, wiederholt er. »Ohne gefunden zu haben, was ...«

»Was wolltest du finden, Bruder?« sage ich. »Man darf nichts Unmögliches verlangen, was du gefunden hast, genügte, um ...«

»Dir, ich weiß«, sagt Johnny voller Groll. »Dir und Art, und Dédée, und Lan ... Du weißt nicht, wie ... Ja, manchmal hat sich die Tür ein wenig geöffnet ... Sieh die beiden Strohhalme, sie haben sich gefunden. Sie tanzen, einer vor dem anderen ... Das ist hübsch, nicht? ... Sie hat sich ein wenig geöffnet ... Die Zeit ... ich hab dir, glaube ich, schon gesagt, daß das mit der Zeit ... Bruno, mein ganzes Leben war ich in meiner Musik darauf aus, daß diese Tür sich am Ende öffne. Nur ein ganz klein wenig, einen winzigen Spalt ... Ich erinnere mich, eines Abends in New York ... Ein rotes Kleid. Ja, rot, und es stand ihr wunderbar. Nun, eines Abends waren wir bei Miles und Hall ... ich glaube, wir spielten eine Stunde lang so vor uns hin, jeder für sich, und waren glücklich. Miles spielte etwas so Schönes, daß es mir fast den Atem verschlug, und da legte ich los, schloß die Augen und flog. Bruno, ich schwöre dir, daß ich flog ... Ich hörte mich wie aus weiter Ferne, aber in mir selbst, neben mir selbst, so als stünde da jemand ... Nicht gerade jemand ... Sieh mal die Flasche, es ist unglaublich, wie sie schaukelt ... Es war nicht gerade jemand ... Es war die Sicherheit, die Harmonie, wie manchmal im Traum, nicht wahr? Wenn alles in Butter ist, wenn Lan und die Kinder mit einem gebratenen Puter auf dich warten, wenn dich beim Autofahren keine Ampel aufhält, wenn alles läuft wie eine Billardkugel. Und das, was da neben mir war, war wie ich selbst, doch ohne einen Platz einzunehmen, ohne in New York zu sein, und vor allem ohne Zeit, ohne daß später ... ohne daß es ein Später gab ... Für eine Weile gab es nur ein Immer ... Und ich wußte nicht, daß es eine Täuschung war, daß das so war, weil ich mich in der Musik verloren hatte, und daß ich, sobald ich mit dem Spielen aufhören würde, denn schließlich mußte ich ja mal den armen Hall ran lassen, der jibbernd vor seinem Klavier hockte, daß ich in demselben Augenblick kopfüber in mich selbst stürzen würde ...«

Er weint leise, reibt sich mit seinen schmutzigen Händen die Augen. Ich weiß nicht mehr, was ich tun soll, es ist so spät, vom Fluß steigt Feuchtigkeit auf, wir werden uns beide erkälten.

»Ich glaube, ich wollte ohne Wasser schwimmen«, murmelt Johnny. »Ich glaube, ich wollte das rote Kleid von Lan, aber ohne Lan. Und Bee ist tot, Bruno. Ich glaube, du hast recht, dein Buch ist sehr gut.«

»Nun laß schon, Johnny, ich werde wegen dem, was du daran schlecht findest, nicht beleidigt sein.«

»Nein, es ist nicht schlecht, dein Buch ist gut, weil ... weil darin keine Urnen vorkommen, Bruno. Es ist wie das, was Satchmo spielt, so sauber, so rein. Findest du nicht, daß das, was Satchmo spielt, wie ein Geburtstag ist oder wie eine gute Tat? Wir ... Ich habe dir gesagt, daß ich ohne Wasser schwimmen wollte. Ich glaubte ... aber man muß ein Idiot sein ... ich glaubte, daß ich eines Tages etwas anderes finden würde. Ich war nicht zufrieden, ich dachte, daß die guten Sachen, das rote Kleid von Lan, und selbst Bee, so was wie Mausefallen waren, ich kann mich nicht anders ausdrücken ... Fallen, damit man sich zufriedengibt, verstehst du, damit man sich sagt, daß alles o.k. ist. Bruno, ich glaube, daß Lan und der Jazz, ja, selbst der Jazz, so etwas wie Werbeanzeigen in einer Zeitschrift waren, hübsche Sachen, damit ich mich zufriedengebe, so wie du zufrieden bist, weil du Paris hast und deine Frau und deine Arbeit ... Ich hatte mein Sax ... und meinen Sex, wie es in deinem Buch heißt. Alles, was ich brauchte. Fallen, mein Lieber ... denn es ist nicht möglich, daß es nichts anderes geben soll, es ist nicht möglich, daß wir so nahe sein sollen, so nahe der anderen Seite der Tür ...«

»Das einzige, was zählt, ist, daß man von sich so viel wie möglich gibt«, sage ich und komme mir verdammt blöd vor.

»Und daß man jedes Jahr die Bestenliste von *Down Beat* anführt, aber ja doch«, pflichtet Johnny mir bei. »Aber ja doch, aber ja doch. Natürlich.«

Ich führe ihn langsam zum Platz. Zum Glück steht ein Taxi an der Ecke.

»Vor allem akzeptiere ich nicht deinen Gott«, murmelt Johnny. »Komm mir nicht damit, das erlaube ich nicht. Und wenn er wirklich auf der anderen Seite der Tür ist, ist mir das scheißegal. Ich sehe keinen Verdienst darin, auf die andere Seite zu gehen, weil er einem die Tür öffnet. Sie mit Fußtritten einschlagen, das ja. Sie mit Fäusten traktieren, gegen sie ejakulieren, einen ganzen Tag lang gegen sie pissen. Damals in New York, ich glaube, da habe ich die Tür mit meiner Musik geöffnet, bis ich aufhören mußte, und da schlug der Lump sie mir vor der Nase zu, nur weil ich nie gebetet habe, weil ich nie zu ihm beten werde, denn ich will von diesem livrierten Portier nichts wissen, von diesem Türsteher, der einem die Tür für ein Trinkgeld öffnet, von diesem ...«

Armer Johnny, und da beklagt er sich noch, daß man das nicht schreibt. Drei Uhr morgens, Himmel noch mal!

Tica ist nach New York zurückgekehrt, Johnny ist nach New York zurückgekehrt (ohne Dédée, die zu Louis Perron gezogen ist, der als Posaunist etwas zu werden verspricht). Baby Lennox ist nach New York zurückgekehrt. Die Saison in Paris war nicht besonders, und ich vermißte meine Freunde. Mein Buch über Johnny verkaufte sich überall sehr gut, und natürlich sprach Sammy Pretzal schon von einer möglichen Verfilmung in Hollywood, ein durchaus interessantes Projekt, wenn man den Wechselkurs Franc-Dollar bedenkt. Meine Frau war immer noch wütend wegen meiner Affäre mit Baby Lennox, die jedoch nicht allzu ernst zu nehmen ist, denn schließlich geht Baby mit jedem ins Bett, und eine intelligente Frau sollte verstehen, daß solche Geschichten das eheliche Gleichgewicht nicht ernstlich gefährden, und außerdem ist Baby ja mit Johnny nach New York zurückgekehrt, sie hatte sich darauf kapriziert, das gleiche Schiff zu nehmen wie er. Jetzt raucht sie wahrscheinlich Marihuana mit ihm, verloren wie er, armes Kind. *Amorous* kam in Paris heraus, als die zweite Auflage meines Buches gerade in Druck ging und man von einer deutschen Übersetzung sprach. Ich hatte mich mit dem Gedanken getragen, in der zweiten Auflage Änderungen vorzunehmen. Ich fragte mich ehrlich, soweit mein Beruf das erlaubt, ob es nicht notwendig wäre, die Person meiner Biographie in einem anderen Licht zu zeigen. Ich sprach darüber wiederholt mit Delaunay und mit Hodeir, sie wußten wirklich nicht, was sie mir raten sollten, denn sie fanden das Buch, so wie es war, ausgezeichnet, und den Lesern hat es gefallen. Ich glaubte zu bemerken, daß die beiden fürchteten, ich könnte dem Buch eine literarische Färbung geben, es mit Subtilitäten herausputzen, die mit Johnnys Musik wenig oder nichts zu tun haben, wenigstens so wie wir sie verstanden. Ich fand, daß die Meinung von Sachverständigen (und meine persönliche Entscheidung; es wäre dumm, das jetzt zu leugnen) es rechtfertigte, die zweite Auflage unverändert zu lassen. Die aufmerksame Lektüre der einschlägigen Zeitschriften in den U.S.A. (vier Reportagen über Johnny, Berichte von einem neuen Selbstmordversuch, diesmal mit Jodtinktur, Magensonde und drei Wochen Krankenhaus, dann wieder in Baltimore spielend, als sei nichts gewesen) beruhigte mich einigermaßen, auch wenn mir diese bedauerlichen Rückfälle Kummer bereiteten. Johnny hatte kein einziges Wort gesagt, das mein Buch kompromittierte. Ein Beispiel (in *Stomping Around*, einer Musikzeitschrift aus Chicago, ein Interview, das Teddy Rogers mit Johnny gemacht hatte): »Hast du gelesen, was Bruno V... in Paris über dich geschrieben hat?« »Ja. Das ist sehr gut.« »Hast du nichts zu diesem Buch zu sagen?« »Nichts, nur daß es sehr gut ist. Bruno ist ein feiner Kerl.« Es fragte sich nur, was Johnny wohl sagte, wenn er betrunken war oder unter Drogen stand, doch Gerüchte, daß er gegen mein Buch Einspruch erhoben hätte, kamen mir nicht zu Ohren. Ich beschloß, in der zweiten Auflage des Buches nichts zu ändern und Johnny weiterhin so zu präsentieren, wie ich ihn dargestellt hatte und wie er im Grunde war: ein armer Teufel von kaum durchschnittlicher Intelligenz, der wie so viele Musiker, Schachspieler und Dichter die Gabe besitzt, großartige Dinge zu schaffen, ohne sich der Größe seines Werks im geringsten bewußt zu sein (höchstens besitzt er den Stolz eines Boxers, der sich stark weiß). All das veranlaßte mich, an diesem Bild von Johnny festzuhalten; es lohnte nicht, sich mit einem Publikum Komplikationen zu schaffen, das viel Jazz will, doch keine musikalischen oder psychologischen Analysen, nichts als momentane und schön inszenierte Befriedigung, Hände, die den Takt schlagen, Gesichter, die in Seligkeit zerfließen, Musik, die über die Haut rieselt, ins Blut geht, mit dem Atem sich verbindet, und weiter nichts, bloß keine tiefschürfenden Betrachtungen.

Zuerst kamen die Telegramme (an Delaunay, an mich, und schon am Nachmittag erschienen in den

Zeitungen idiotische Kommentare); drei Wochen später erhielt ich einen Brief von Baby Lennox, die mich nicht vergessen hatte. »In Bellevue hat man ihn glänzend behandelt, und als er entlassen wurde, holte ich ihn ab. Wir wohnten im Appartement von Mike Russolo, der auf Tournee in Norwegen war. Johnny ging es sehr gut, er wollte zwar nicht öffentlich auftreten, willigte aber ein, mit den Jungs vom Club 28 Schallplattenaufnahmen zu machen. Dir kann ich's ja sagen, in Wirklichkeit war er sehr schwach (ich kann mir schon denken, was Baby damit sagen wollte, nach unserer Affäre in Paris), und nachts bekam ich es mit der Angst, wenn ich hörte, wie er atmete und klagte. Das einzige, was mich tröstet, – fügte Baby allerliebst hinzu – ist, daß er zufrieden starb und nichts merkte. Er sah gerade fern, und auf einmal sank er zu Boden. Man sagte mir, daß es ganz schnell ging.« Woraus ich schloß, daß Baby nicht dabei war, und so war es auch, denn später erfuhren wir, daß Johnny bei Tica gewohnt und die letzten fünf Tage mit ihr zusammen verbracht hatte, vor sich hinbrütend und niedergeschlagen, und daß er davon gesprochen hatte, den Jazz an den Nagel zu hängen, nach Mexiko zu gehen und sein eigenes Stück Land zu bestellen (jeder will das einmal, es ist schon langweilig), und daß Tica auf ihn aufgepaßt und alles mögliche getan hatte, um ihn zu beruhigen und dazu zu bringen, an die Zukunft zu denken (ausgerechnet Tica sagte ihm das, als wenn sie oder Johnny je die geringste Vorstellung von der Zukunft gehabt hätten). Bei einer Fernsehsendung, die Johnny sehr gefiel, hatte er angefangen zu husten, hatte sich plötzlich gekrümmt, usw. Ich bin nicht so sicher, daß der Tod so schnell eintrat, wie Tica es der Polizei erklärte (womit sie versuchte, aus der tiefen Verstrikkung herauszukommen, in die Johnnys Tod in ihrer Wohnung und das Marihuana, das überall herumlag, sie gebracht hatten; hinzu kamen einige frühere Geschichten, in die die arme Tica verwickelt war, und die wenig überzeugenden Resultate der Autopsie. Man kann sich vorstellen, was ein Arzt in Johnnys Leber und Lunge alles fand). »Du ahnst nicht, wie sehr mir sein Tod zu Herzen gegangen ist, obgleich ich dir andere Dinge erzählen könnte – fügte die liebe Baby mild hinzu –, sobald ich dazu in der Lage bin, werde ich dir all das schreiben oder erzählen (wie es scheint, will Rogers mich für Paris und Berlin unter Vertrag nehmen), was du, der Johnnys bester Freund war, wissen mußt.« Und nachdem sie eine ganze Seite lang derart auf Tica geschimpft hatte, daß man hätte meinen können, sie trage nicht nur die Schuld an Johnnys Tod, sondern auch an dem Angriff auf Pearl Harbor und an der schwarzen Pest, schloß die arme kleine Baby: »Bevor ich's vergesse, eines Tages in Bellevue hat er immer wieder nach dir gefragt, seine Gedanken verwirrten sich, und er dachte, du wärest in New York und wolltest ihn nicht besuchen kommen, er redete immer von einem

Feld voll irgendwelcher Dinge, und dann rief er nach dir und fluchte sogar auf dich, du Armer. Aber du weißt ja, wie das bei Fieber ist. Tica hat Bob Carey erzählt, daß die letzten Worte Johnnys ungefähr waren: ›Oh, mach mir eine Maske‹, aber du kannst dir ja vorstellen, daß in solch einem Augenblick ...« Und ob ich mir das vorstellen konnte. »Er war sehr dick geworden«, fügte Baby am Ende ihres Briefes hinzu, »und keuchte beim Gehen.« Das waren die Einzelheiten, die von einer so zartfühlenden Person wie Baby Lennox zu erwarten waren.

All dies ereignete sich unmittelbar vor Erscheinen der zweiten Auflage meines Buches, und zum Glück hatte ich noch Zeit, einen in aller Eile verfaßten Nachruf hinzuzufügen sowie eine Photographie von der Beerdigung, auf der viele berühmte Jazzer zu sehen waren. Auf diese Weise war die Biographie sozusagen komplett. Vielleicht ist es nicht schön von mir, daß ich das sage, doch versteht sich, daß ich es vom rein ästhetischen Gesichtspunkt aus betrachte. Schon spricht man von einer neuen Übersetzung, ich glaube ins Schwedische oder Norwegische. Meine Frau hat sich über diese Nachricht sehr gefreut.

Bibliothek Suhrkamp

Verzeichnis der letzten Nummern

901 Leonora Carrington, Das Hörrohr
902 Henri Michaux, Ein gewisser Plume
903 Walker Percy, Der Kinogeher
904 Julien Gracq, Die engen Wasser
907 Gertrude Stein, Jedermanns Autobiographie
908 Pablo Neruda, Die Raserei und die Qual
910 Thomas Bernhard, Einfach kompliziert
914 Wolfgang Koeppen, Der Tod in Rom
916 Bohumil Hrabal, Sanfte Barbaren
917 Tania Blixen, Ehrengard
918 Bernard Shaw, Frau Warrens Beruf
919 Mercè Rodoreda, Der Fluß und das Boot
922 Anatolij Kim, Der Lotos
924 Stig Dagerman, Deutscher Herbst
926 Wolfgang Koeppen, Tauben im Gras/Das Treibhaus/Der Tod in Rom
927 Thomas Bernhard, Holzfällen
928 Danilo Kiš, Ein Grabmal für Boris Dawidowitsch
929 Janet Frame, Auf dem Maniototo
930 Peter Handke, Gedicht an die Dauer
931 Alain Robbe-Grillet, Der Augenzeuge
935 Marguerite Duras, Liebe
938 Juan Carlos Onetti, Leichensammler
941 Marina Zwetajewa, Mutter und die Musik
942 Jürg Federspiel, Die Ballade von der Typhoid Mary
943 August Strindberg, Der romantische Küster auf Rånö
945 Hans Mayer, Versuche über Schiller
946 Martin Walser, Meßmers Gedanken
947 Ödön von Horváth, Jugend ohne Gott
948 E. M. Cioran, Der zersplitterte Fluch
949 Alain, Das Glück ist hochherzig
953 Marina Zwetajewa, Auf eigenen Wegen
954 Maurice Blanchot, Thomas der Dunkle
955 Thomas Bernhard, Watten
956 Eça de Queiroz, Der Mandarin
958 André Gide, Aufzeichnungen über Chopin
962 Giorgos Seferis, Poesie
964 Thomas Bernhard, Elisabeth II.
965 Hans Blumenberg, Die Sorge geht über den Fluß
966 Walter Benjamin, Berliner Kindheit, Neue Fassung
967 Marguerite Duras, Der Liebhaber
969 Tschingis Aitmatow, Der weiße Dampfer
970 Christine Lavant, Gedichte
973 Franz Rosenzweig, Der Stern der Erlösung
976 Juan Carlos Onetti, Grab einer Namenlosen
977 Vincenzo Consolo, Die Wunde im April

979 E. M. Cioran, Von Tränen und von Heiligen
980 Olof Lagercrantz, Die Kunst des Lesens und des Schreibens
981 Hermann Hesse, Unterm Rad
983 Anna Achmatowa, Gedichte
984 Hans Mayer, Ansichten von Deutschland
986 Robert Walser, Poetenleben
987 René Crevel, Der schwierige Tod
988 Scholem-Alejchem, Eine Hochzeit ohne Musikanten
989 Erica Pedretti, Valerie
990 Samuel Joseph Agnon, Der Verstoßene
991 Janet Frame, Wenn Eulen schrein
992 Paul Valéry, Gedichte
995 Patrick Modiano, Eine Jugend
997 Thomas Bernhard, Heldenplatz
998 Hans Blumenberg, Matthäuspassion
999 Julio Cortázar, Der Verfolger
1000 Samuel Beckett, Mehr Prügel als Flügel
1001 Peter Handke, Die Wiederholung
1002 Else Lasker-Schüler, Arthur Aronymus
1003 Heimito von Doderer, Die erleuchteten Fenster
1004 Hans-Georg Gadamer, Das Erbe Europas
1005 Hans Jonas, Das Prinzip Verantwortung
1007 Juan Carlos Onetti, Der Schacht
1008 E. M. Cioran, Auf den Gipfeln der Verzweiflung
1009 Marina Zwetajewa, Ein gefangener Geist
1012 Hermann Broch, Die Schuldlosen
1013 Benito Pérez Galdós, Tristana
1014 Conrad Aiken, Fremder Mond
1015 Max Frisch, Tagebuch 1966–1971
1016 Catherine Colomb, Zeit der Engel
1017 Georges Dumézil, Der schwarze Mönch in Varennes
1018 Peter Huchel, Gedichte
1019 Gesualdo Bufalino, Das Pesthaus
1020 Konstantinos Kavafis, Um zu bleiben
1021 André du Bouchet, Vakante Glut / Dans la chaleur vacante
1022 Rainer Maria Rilke, Briefe an einen jungen Dichter
1023 René Char, Lob einer Verdächtigen / Eloge d'une Soupconnée
1024 Cees Nooteboom, Ein Lied von Schein und Sein
1025 Gerhart Hauptmann, Das Meerwunder
1026 Juan Benet, Ein Grabmal / Numa
1027 Samuel Beckett, Der Verwaiser / Le dépeupleur / The Lost Ones
1028 Ulrich Plenzdorf, Die neuen Leiden des jungen W.
1029 Bernard Shaw, Die Abenteuer des schwarzen Mädchens auf der Suche nach Gott
1030 Francis Ponge, Texte zur Kunst
1031 Tankred Dorst, Klaras Mutter
1032 Robert Graves, Das kühle Netz / The Cool Web
1033 Alain Robbe-Grillet, Die Radiergummis
1034 Robert Musil, Vereinigungen
1035 Virgilio Piñera, Kleine Manöver

1036 Kazimierz Brandys, Die Art zu leben
1037 Karl Krolow, Meine Gedichte
1038 Leonid Andrejew, Die sieben Gehenkten
1039 Volker Braun, Der Stoff zum Leben 1-3
1040 Samuel Beckett, Warten auf Godot
1041 Alejo Carpentier, Die Hetzjagd
1042 Nicolas Born, Gedichte
1043 Maurice Blanchot, Das Todesurteil
1044 D. H. Lawrence, Der Mann, der Inseln liebte
1045 Jurek Becker, Der Boxer
1046 E. M. Cioran, Das Buch der Täuschungen
1047 Federico García Lorca, Diwan des Tamarit / Diván
1048 Friederike Mayröcker, Das Herzzerreißende der Dinge
1049 Pedro Salinas, Gedichte / Poemas
1050 Jürg Federspiel, Museum des Hasses
1051 Silvina Ocampo, Die Furie
1052 Alexander Blok, Gedichte
1053 Raymond Queneau, Stilübungen
1054 Dolf Sternberger, Figuren der Fabel
1055 Gertrude Stein, Q. E. D.
1056 Mercè Rodoreda, Aloma
1057 Marina Zwetajewa, Phoenix
1058 Thomas Bernhard, In der Höhe, Rettungsversuch, Unsinn
1059 Jorge Ibargüengoitia, Die toten Frauen
1060 Henry de Montherlant, Moustique
1061 Carlo Emilio Gadda, An einen brüderlichen Freund
1062 Karl Kraus, Pro domo et mundo
1063 Sandor Weöres, Der von Ungern
1064 Ernst Penzoldt, Der arme Chatterton
1065 Giorgos Seferis, Alles voller Götter
1066 Horst Krüger, Das zerbrochene Haus
1067 Alain, Die Kunst sich und andere zu erkennen
1068 Rainer Maria Rilke, Bücher Theater Kunst
1069 Claude Ollier, Bildstörung
1070 Jörg Steiner, Schnee bis in die Niederungen
1071 Norbert Elias, Mozart
1072 Louis Aragon, Libertinage
1073 Gabriele d'Annunzio, Der Kamerad mit den wimpernlosen Augen
1075 Max Frisch, Biedermann und die Brandstifter
1076 Willy Kyrklund, Vom Guten
1077 Jannis Ritsos, Gedichte
1079 Max Dauthendey, Lingam
1080 Alexej Remisow, Gang auf Simsen
1082 Octavio Paz, Adler oder Sonne?
1083 René Crevel, Seid ihr verrückt?
1084 Robert Pinget, Passacaglia
1085 Wolfgang Koeppen, Eine unglückliche Liebe
1086 Mario Vargas Llosa, Lob der Stiefmutter
1087 Marguerite Duras, Im Sommer abends um halb elf
1088 Joseph Conrad, Herz der Finsternis

1090 Czesław Miłosz, Gedichte
1091 Karl Kraus, Die letzten Tage der Menschheit
1092 Jean Giono, Der Deserteur
1093 Michel Butor, Die Wörter in der Malerei
1095 Max Frisch, Fragebogen
1096 Carlo Emilio Gadda, La Meccanica
1097 Bohumil Hrabal, Die Katze Autitschko
1098 Hans Mayer, Frisch und Dürrenmatt
1099 Isabel Allende, Eine Rache und andere Geschichten
1100 Wolfgang Hildesheimer, Mitteilungen an Max
1101 Paul Valéry, Über Mallarmé
1102 Marie Nimier, Die Giraffe
1103 Gennadij Ajgi, Beginn der Lichtung
1104 Jorge Ibargüengoitia, Augustblitze
1105 Silvio D'Arzo, Des andern Haus
1106 Werner Koch, Altes Kloster
1107 Gesualdo Bufalino, Der Ingenieur von Babel
1108 Manuel Puig, Der Kuß der Spinnenfrau
1109 Marieluise Fleißer, Das Mädchen Yella
1110 Raymond Queneau, Ein strenger Winter
1111 Gershom Scholem, Judaica 5
1112 Jürgen Becker, Beispielweise am Wannsee
1113 Eduardo Mendoza, Das Geheimnis der verhexten Krypta
1114 Wolfgang Hildesheimer, Paradies der falschen Vögel
1115 Guillaume Apollinaire, Die sitzende Frau
1116 Paul Nizon, Canto
1117 Guido Morselli, Dissipatio humani generis
1118 Karl Kraus, Nachts
1119 Juan Carlos Onetti, Der Tod und das Mädchen
1120 Thomas Bernhard, Alte Meister
1121 Willem Elsschot, Villa des Roses
1122 Juan Goytisolo, Landschaften nach der Schlacht
1123 Sascha Sokolow, Die Schule der Dummen
1124 Bohumil Hrabal, Leben ohne Smoking
1125 Peter Bichsel, Eigentlich möchte Frau Blum den Milchmann kennenlernen
1126 Guido Ceronetti, Teegedanken
1127 Adolf Muschg, Noch ein Wunsch
1128 Forugh Farrochsad, Jene Tage
1129 Julio Cortázar, Unzeiten
1130 Gesualdo Bufalino, Die Lügen der Nacht
1131 Richard Ellmann, Vier Dubliner - Wilde, Yeats, Joyce und Beckett
1132 Gerard Reve, Der vierte Mann
1134 Francis Ponge, Die Seife
1135 Hans-Georg Gadamer, Über die Verborgenheit der Gesundheit
1136 Wolfgang Hildesheimer, Mozart
1137 Max Frisch, Stich-Worte
1139 Bohumil Hrabal, Ich habe den englischen König bedient
1140 Stanisław Lem, Eine Minute der Menschheit
1141 Cees Nooteboom, Die folgende Geschichte

Bibliothek Suhrkamp

Alphabetisches Verzeichnis